Leonard Kleineidam

Die Originalausgabe erschien erstmals 2011 bei
Rabén & Sjögren, Schweden unter dem Titel
Fabian och Karamellhäxan
Die Übersetzung erfolgte mit freundlicher Genehmigung von
Rabén & Sjögren Agency

Aus dem Schwedischen von Maike Dörries

Deutsche Ausgabe

Postfach 10 03 25, 73703 Esslingen
www.esslinger-verlag.de

ISBN 978-3-480-22997-0

FSC
www.fsc.org
MIX
Papier aus verantwortungsvollen Quellen
FSC® C110508

Maud Mangold

Die Karamell-Verschwörung

Mit Bildern von Pe Grigo

Aus dem Schwedischen von Maike Dörries

esslinger

Die glänzende Kastanie kullerte den Hang runter. Fabian rannte hinterher, auf seinem Rücken hüpfte der Rucksack auf und ab. Die Kastanie blieb mit dem Auge nach oben liegen, und er trat erneut dagegen. Diesmal landete sie direkt vor dem Zebrastreifen.
Im Königspark auf der anderen Straßenseite standen jede Menge Kastanienbäume. Fabian sah auf die Uhr und stellte fest, dass noch genügend Zeit war, bis es zum Unterricht klingelte. Er ging in den Park. Überall lagen Laubhaufen, die so schön raschelten,

wenn man durch sie hindurchlief. Unter den Kastanienbäumen lagen stachelig grüne Fruchthülsen. Wenn man auf sie drauftrat, gaben sie ihre braunen Kerne frei. Fabian hob ein paar Kastanien auf. Sie fühlten sich wunderbar glatt an. Er legte sie in seinen Rucksack und nahm die Abkürzung zur Schule.

In Fabians Magen hatte sich ein kleiner Stein eingenistet. Und bei jedem Schritt, den er sich der Schule näherte, scheuerte er stärker. Als Fabian durch das Tor auf den Schulhof trat, wuchs der Stein und drückte gegen die Lunge, sodass das Atmen schwerer wurde.

Obwohl der Umzug schon ein halbes Jahr zurücklag, hatte Fabian noch keine richtigen Freunde gefunden. Es half auch nicht, dass er Eishockey in der Bärenmannschaft spielte. Dort schienen sich alle schon seit mindestens hundert Jahren zu kennen. Hier in der Stadt war alles viel schwieriger, weil die Jungen in verschiedenen Stadtteilen wohnten und nach dem Training in alle Himmelsrichtungen verschwanden. Vorher hatte Fabian mit seiner Familie in einem kleinen Ort gewohnt, und dort war Emil sein Freund gewesen.

Auf dem Schulhof stand Krille im Tor, genau wie in der Hockeymannschaft. Aber hier bestand das Tor aus zwei Rucksäcken auf der Schotterfläche. Ein paar Jungs kickten eine leere Getränkedose hin und her, bevor sie aufs Tor schossen. Krille hielt, wie immer. Fabian stellte sich an den Rand und sah zu. Er konnte nicht einfach mitspielen. Die anderen kannten sich untereinander und übersahen ihn irgendwie.
Er schlenderte zum Klettergerüst. Ein paar Mädchen hingen kopfüber mit den Kniekehlen an den Stangen, die anderen standen daneben. Sie flüsterten und kicherten, wahrscheinlich wieder über Ebba. Ebba-Lebba. Ebba wurde immer geärgert. Fabian drehte sich um. Da ging er doch lieber rein.
Bibbi, die Lehrerin, war schon im Klassenzimmer und suchte Bücher und Stifte für die erste Unterrichtsstunde zusammen.
„Guten Morgen, Fabian. Wie geht es dir?"
Er zuckte mit den Schultern. „Gut. Ich wollte vor dem Klingeln nur kurz was nachgucken." Eilig drehte er sich zum Bücherregal um, damit Bibbi sein Gesicht nicht sehen konnte. Er schluckte und versuchte, den Stein im Bauch zu ignorieren, der da war, weil er in

der Schule niemanden hatte, mit dem er die Pausen verbringen konnte. Hastig zog er ein Buch über Insekten aus dem Regal. Er wollte darin wirklich etwas nachschlagen, und während er blätterte, schrumpfte der Stein in seinem Bauch wenigstens so weit, dass seine Lunge wieder Platz hatte.

„Interessierst du dich für Schmetterlinge?“, fragte Bibbi und stellte sich neben ihn. „Um diese Jahreszeit?“

„Ich habe gestern eine Raupe gefunden“, sagte Fabian. „Und ich glaube, die wird ein Schmetterling. Sie ist ganz pelzig, fast wie die hier.“

„Ja, die sind hübsch. Und die da sieht ziemlich robust und kräftig aus, findest du nicht?“

„Hm. Ich habe ihr ein Nest gebaut, in einem Karton.“

Fabian hätte sich die Zunge abbeißen können. Es war eine blöde Idee, Bibbi gegenüber seine Raupe zu erwähnen! Bestimmt erzählte sie den anderen aus der Klasse davon, und die würden ihn dann nur aufziehen.

„Aber Sie dürfen es den anderen nicht sagen“, bat er.

Bibbi seufzte und streichelte ihm über die Wange. Sie sagte nichts, aber Fabian wusste, dass sie ihn verstand.

Als der Unterricht vorbei war, leerte sich der Schulhof in Windeseile. Ein paar Schüler gingen in den Hort, der Rest wollte so schnell wie möglich nach Hause. Fabian bummelte. Er ging auf die Toilette und blieb vor dem Spiegel stehen. Ein Junge mit strähnigen braunen Haaren sah ihn an. Ein ganz gewöhnlicher Junge, der niemandem auffiel, wenn er ihm auf der Straße begegnete.

Es war jetzt ganz still auf dem Flur vor den Toiletten. Fabian seufzte und trank einen Schluck Wasser, ehe er seinen Rucksack aufsetzte und sich auf den Nachhauseweg machte. Manchmal vermisste er Emil so sehr, dass es wehtat.

Als Fabian wieder am Königsgspark vorbeikam, sah er jemanden Kastanien aufsammeln. Eine kleine Person. Aber es war kein Kind, das sah man an den Kleidern: ein weiter Mantel über einer karierten Hose, deren Saum über den Boden schleifte. Als die Person sich aufrichtete, konnte Fabian erkennen, dass es eine Frau war. Sie trug eine Schirmmütze. Als sie Fabian entdeckte, musterte sie ihn neugierig – durch die größten Brillengläser, die Fabian je gesehen hatte.

„Hallo!", rief sie.

„Äähmmm, hallo“, antwortete Fabian.
„Die Kastanien sind in diesem Jahr ganz wunderbar, findest du nicht auch? Magst du mir beim Aufsammeln helfen?“
Fabian zögerte. Die Frau war so merkwürdig angezogen, wenn auch nicht so, als ob sie leere Getränkedosen aus Abfalleimern sammeln und auf Parkbänken übernachten würde.
„Okay“, sagte er schließlich.
Sie reichte ihm eine Tüte und dann sammelten sie Seite an Seite Kastanien. Die Schule verschwand aus Fabians Gedanken. Die Frau hatte schon zwei Tüten voll gesammelt, das war die dritte, die sich füllte.
„Wozu brauchen Sie die Kastanien?“, fragte Fabian.
„Ich eröffne demnächst einen Laden.“
„Und da wollen Sie Kastanien verkaufen? Aber die hier sind ja noch nicht einmal essbar!“
Sie zwinkerte ihm mit einem Auge durch das gigantische Brillenglas zu und sagte: „Der Laden ist da drüben, du kannst ja mal vorbeikommen.“
Fabian schaute in die Richtung, in die sie gezeigt hatte. Gestern war dort noch ein Bäcker gewesen, aber jetzt war das Schild weg.

„Was für ein Laden wird das?“
Aber die Frau antwortete nicht auf seine Frage, sondern richtete sich einfach auf und nahm ihre Tüten. Sie waren so schwer, dass sie fast auf dem Boden schleiften.
„Soll ich Ihnen beim Tragen helfen?“, fragte Fabian.
Die Frau nickte und überließ ihm eine Tüte.
Als sie vor dem Laden standen, sah Fabian, dass das Schaufenster leer war. Er wollte sie noch einmal fragen, was sie verkaufen würde. Ob sie die Kastanien vielleicht für die Schaufensterdekoration brauchte.
Aber die Frau hatte bereits die Tüten nach drinnen gehievt und mit einem freundlichen Dankeschön die Tür vor seiner Nase zugemacht.
Fabian blieb ein paar Sekunden vor der geschlossenen Tür stehen und entdeckte einen Zettel.

Zu Hause war es ganz still. Fabians Vater arbeitete noch und Vicky, seine große Schwester, war wahrscheinlich bei irgendeinem Treffen, wie üblich. Fabian schlich zur Schlafzimmertür und klopfte leise an. Seine Mutter antwortete nicht. Da drückte er vorsichtig die Klinke herunter und schaute in den Raum. Schlief sie? Er trat ein und setzte sich ganz außen auf die Bettkante.
Ihre Augen waren geschlossen und die dünnen Augenlider zuckten. Wie Fledermausflügel, dachte

Fabian. Vor Kurzem hatten sie in der Schule einen Film über Fledermäuse gesehen.
Plötzlich schlug seine Mutter die Augen auf und sah ihn an. Mit müdem, glanzlosem Blick.
„Fabian. Du bist schon zu Hause? Ich wollte Zimtschnecken für dich backen, aber dann hab ich solche Kopfschmerzen gekriegt."
„Ist schon okay, Mama", sagte Fabian und streichelte ihre Hand. „Soll ich dir einen Tee machen?"
„Ja gerne, mein Schatz. Das ist lieb von dir. Grün, aber das weißt du ja."
Fabian ging in die Küche und schaltete den Wasserkocher ein. Er fand die richtigen Teebeutel und setzte zwei Tassen auf, obwohl er gar keinen grünen Tee mochte.
„Wie war es in der Schule? Hast du was mit deinen Freunden gemacht?"
Fabian nickte. „Wir haben jede Menge Spaß."
„Das ist schön. Wenn ich mich wieder etwas kräftiger fühle, komm ich mal in der Schule vorbei und stell mich vor."
„Klar, Mama, aber überanstreng dich nicht."
Schweigend tranken sie ihren Tee. Fabians Blick schweifte über die Zeitschriftenberge, die überall

herumlagen. Auf fast allen Titelseiten waren irgendwelche Mitglieder von adligen oder königlichen Familien oder Fernsehprominente abgebildet. Seine Mutter tippte auf die aufgeschlagene Seite auf ihrem Schoß.

„Hast du das entzückende Kleid gesehen? Was haben wir doch für wunderhübsche Prinzessinnen. Wie im Märchen."

„Hm", murmelte Fabian.

Er dachte an die Frau mit den Kastanien und den neuen Laden. *Karamellhexe.* Sollte er seiner Mutter davon erzählen? Nein, lieber wollte er warten, bis er dort gewesen war. Die Frau hatte ihn schließlich eingeladen, mal vorbeizukommen.

„Ich mach dann mal meine Hausaufgaben", murmelte er und drückte seiner Mutter einen Kuss auf die Wange.

Aber die Hausaufgaben mussten warten. Zuerst einmal kümmerte Fabian sich um Wuschel, so hatte er die Raupe getauft. Mama durfte nichts von Wuschel erfahren, sie konnte keine Insekten ausstehen.

Ein Schlüssel wurde ins Schloss gesteckt und herumgedreht.

„Hallo? Jemand zu Hause?"
Das war Vicky. Gleich darauf stand sie in der Tür zu Fabians Zimmer. Er sah sie an. An ihr schwarz gefärbtes Haar konnte er sich einfach nicht gewöhnen. Vicky schüttelte die Stiefel von den Füßen und trat neben Fabian, um zu sehen, was in der Schachtel war. Das Praktische an der Tatsache, eine große Schwester zu haben, war, dass Fabian sich so kindisch benehmen konnte, wie er wollte, weil Vicky ihn auf alle Fälle kindisch fand, egal wie er sich aufführte.
„Wow, das ist ja eine tolle Raupe! Sieht aus wie ein kleines Pelzmonster. Kann die hier in der Wohnung überleben?"
„Keine Ahnung." Fabian zuckte mit den Schultern. „Ich muss mich noch schlau machen, was solche Raupen brauchen. Fressen sie Gras, was glaubst du?"
„Bestimmt", sagte Vicky und wuschelte ihm mit klirrenden Armreifen durchs Haar. Sie roch nach Wald.
„Ich war bei einem Treffen, wo es um den Königspark ging", erzählte sie. „Stell dir vor, die wollen alle Bäume fällen und dort ein Einkaufszentrum bauen. Ein verdammtes Einkaufszentrum. Anstelle der

großen Bäume – jahrhundertealte Riesen! Die sind doch nicht ganz bei Verstand. Die Bäume sind die Lunge der Stadt! Wir planen eine große Demonstration fürs Wochenende."

Fabian hörte selten genau zu, wenn Vicky von ihren Treffen erzählte. Sie war immer wegen irgendetwas aufgebracht, letztes Mal sollte ein Haus abgerissen werden. Aber jetzt spitzte er doch die Ohren.

„Ich war heute im Königspark", sagte er. „Und habe einer Frau beim Kastaniensammeln geholfen."

„Beim Kastaniensammeln? Wozu brauchte sie die denn?"

Fabian zog die Schultern hoch. „Keine Ahnung."

„Du bist echt süß, Fabbi", lachte Vicky. „Du und deine Raupen und Kastanien und Rindenfetzen. Du wirst bestimmt Biologe, wenn du groß bist – oder Tierarzt." Sie drückte ihm einen Kuss auf den Kopf und ging in die Küche. Fabian legte der Raupe ein paar Kastanien in die Kiste. Das sah gemütlich aus.

Vicky verschwand wieder und seine Mutter schlief. Die Zeit in der Wohnung stand still. Fabian langweilte sich. Er löste die Matheaufgaben, aber das dauerte nicht länger als eine Viertelstunde. Dann las

er ein paar Seiten in *Kalle Blomquist*, verlor aber immer wieder den Faden. Schließlich zog er seine Jacke an und schwang sich aufs Rad.
Vor dem neuen Laden blieb er stehen. Seit er das letzte Mal davorgestanden hatte, war ein Schild aufgehängt worden. *KARAMELLHEXE* stand dort in großen schwarzen Buchstaben auf orangefarbenem Hintergrund.
Fabian stand eine Weile über seinen Fahrradlenker gebeugt und konnte sich nicht entscheiden, ob er anklopfen sollte oder nicht. Da ging die Tür auf und die Frau steckte ihren Kopf heraus. Sie hatte immer noch die Schirmmütze auf und trug ein weites Flanellhemd.
„Hab ich mir doch gedacht, dass du kommst“, lächelte sie. „Komm rein. Wie gefällt dir das Schild?“
„Gut“, sagte Fabian.
Drinnen im Laden stapelten sich jede Menge Kartons, dazwischen lagen Papier und Styroporscheiben und der Boden war mit Schutzfolie abgedeckt. In einer Ecke standen mehrere Eimer mit Malerfarbe, aber es duftete noch immer nach frisch gebackenem Brot.
„Ich heiße übrigens Magda“, sagte die Frau.

Sie lächelte so breit, dass Fabian einen Goldzahn sehen konnte.
„Fabian", sagte Fabian und lächelte unsicher zurück.
Magda legte den Kopf schief und schaute ihn ein bisschen zu lange mit zusammengekniffenen Augen durch ihre großen Brillengläser an. Sie sieht aus wie eine Eule, schoss es Fabian durch den Kopf. Er fühlte sich nicht wohl, die Frau war ihm nicht ganz geheuer.
„Schön, dass du gekommen bist, Fabian. Was meinst du, hast du Lust, mir bei der Arbeit zu helfen?"
Er zuckte mit den Schultern. Bei der Arbeit helfen? Na ja, warum nicht.
„Ich brauche Eicheln", erklärte Magda. „Und wenn ich mich nicht täusche, weißt du, wo die besten Eicheln wachsen. Hab ich recht?"
„Beim Spielplatz", antwortete Fabian. „Dem großen, meine ich, in der Mitte vom Königspark."
Magda nickte. Sie schob eine Hand in die Tasche und fischte zwei Zehnkronenmünzen heraus.
„Ich kann jetzt gleich hinfahren", schlug Fabian vor. „Das ist nicht weit."
„Gut", sagte Magda. „Und nimm dir ein Bonbon, wenn du magst."

Sie hielt ihm ein Glas hin, das auf dem Tresen gestanden hatte. Fabian zögerte kurz, aber er wollte nicht unhöflich sein. Er wählte ein grünes. Es roch fruchtig - vielleicht nach Birne?

Fabian nahm den Radweg durch den Königspark. Ganz so nah war es doch nicht zu dem Spielplatz, der Park war groß. Das grüne Bonbon reichte, bis er dort war.

Der feine Nieselregen legte sich wie winzig kleine Perlen auf Fabians Jacke. Er setzte die Kapuze auf und fing an, Eicheln zu sammeln. Der ganze Boden war von ihnen übersät, trotzdem dauerte es länger als bei den Kastanien, und Fabian war schon ziemlich nass, bevor die Tüte zur Hälfte gefüllt war. Ob das genügte für zwanzig Kronen? Er sammelte noch ein bisschen weiter und seine Hände wurden in dem Regen immer kälter.

Fabian beschloss, für den Rückweg eine andere Strecke aus dem Park zu nehmen. Da ging es bergab und er sauste im höchsten Gang abwärts. Unten musste er scharf bremsen, weil ein großer Bagger den Weg versperrte.

„Pass doch auf, Junge“, rief ein Mann mit einem gelben Helm auf dem Kopf.
Fabian stieg ab, um sich einen Überblick zu verschaffen. Der Bagger fraß sich mit seinem großen Greifzahn durch die Rasenfläche. Ein Stück entfernt entdeckte Fabian noch einen zweiten Bagger. Zusammen hatten die beiden Fahrzeuge bereits ein Stück Wiese von der Größe eines halben Fußballfeldes verspeist. An dem Hang rechts von ihm heulte eine Motorsäge auf und noch mehr Arbeiter mit gelben Helmen brachten rot-weißes Absperrband an. Ein *verdammtes Einkaufszentrum* wollen sie dort bauen, hatte Vicky gesagt. Und jetzt hatten sie offenbar damit angefangen!
„Achtung! Baum fällt!“
Ein riesiger Baum begann zu schwanken und krachte mit einem dumpfen Schlag auf den Boden. Liegend wirkte der Baum noch gewaltiger. Er streckte Fabian seine obersten Äste entgegen und Fabian erkannte, dass es ein Kastanienbaum war. *Jahrhundertealte Riesen.* Oh nein!
Die Motorsäge war verstummt. Der Mann, der sie bedient hatte, legte sie beiseite. Fabian hatte noch nie

so eine große Säge gesehen, allein das Sägeblatt war mindestens einen Meter lang. Im Laden von seinem Vater wurden gewöhnliche Motorsägen verkauft, aber das waren Zwerge im Vergleich zu dieser hier. So eine Monstersäge fraß sich puppenleicht durch einen Stamm nach dem anderen. Schrecklich! Der Park war so schön, die Lunge der Stadt. Gut, dass Vicky mit ihren Freunden eine Demonstration organisierte.

Als Fabian wieder zur Karamellhexe kam, war er nass bis auf die Haut. Er würde nach Hause fahren und sich trockene Sachen anziehen müssen, ehe er mit seinem Vater in das Sportgeschäft fuhr.

„Herzlichen Dank", sagte Magda, als er ihr die Tüte mit den Eicheln reichte. „Du bist ja klitschenass geworden, du Armer. Da kriege ich ein richtig schlechtes Gewissen."

„Ach, das macht nichts", winkte Fabian ab. „Ich hoffe, es reicht?"

„Oh ja, wunderbar. Danke nochmals."

Dieses Mal bot Magda Fabian ein weißes Bonbon an. Fabian nahm es und steckte es in die Jackentasche. Irgendwie war Magda seltsam. Sie hatte ihm immer noch nicht auf seine Frage geantwortet, wozu sie die

Kastanien und Eicheln brauchte. Wollte sie wirklich Bonbons daraus machen?

Das weiße Bonbon roch wie eine gewöhnliche Halspastille. Fabian leckte kurz daran, als er aus dem Laden auf die Straße trat. Es schmeckte frisch und stark. Und irgendwie eisig kalt.

Fabian hängte seine nasse Jeans im Badezimmer auf und nahm eine neue aus dem Schrank. Sein Vater hatte ihm einen Zettel auf den Küchentisch gelegt.

Vergiss nicht, dass wir heute neue Schlittschuhe kaufen wollen. Komm spätestens um halb sechs ins Geschäft. PUCK!

Fabian konnte sich ein Grinsen nicht verkneifen. Das sagte sein Vater immer: *Puck!* Das hatten sie schon

gesagt, als er noch jünger gewesen war und Eishockey in der Junior-Nationalmannschaft gespielt hatte. Eigentlich gehörte dazu, dass man die Handflächen aneinander schlug. *Puck!*
Fabian schaute auf die Uhr, fast fünf. Es war noch immer still in der Wohnung.
Er warf einen Blick in den Kühlschrank, doch da fand er nur gähnende Leere. Ach ja, Großeinkauf wollten sie später ebenfalls machen. Es gab noch eine braun gesprenkelte Banane. Die schnappte Fabian sich und lief raus zum Fahrstuhl.

Der Eisenwarenladen seines Vaters war nur ein paar Blocks entfernt. Darum waren sie auch in die Stadt gezogen, damit sein Vater es nicht mehr so weit zur Arbeit hatte.
„Hallo, Fabian!", begrüßte ihn Anton, der hinter dem Tresen stand. Er war nicht viel älter als Vicky.
„Ich habe gehört, du kriegst heute neue Schlittschuhe, du Glückspilz."
„Hm, aus den alten bin ich rausgewachsen."
„Teure Angelegenheit, das", sagte Anton. „Mein kleiner Bruder spielt auch. Aber er hat gebrauchte Schuhe."

Darauf sagte Fabian nichts. Sicher war es toll, neue Schlittschuhe zu kriegen, aber er hätte lieber gebrauchte. Wer mit neuen Schuhen fuhr, musste besonders gut sein. Der Beste. Aber es war nervig, immer darum zu kämpfen, der Beste zu sein. Doch in dieser Sache war sein Vater der Bestimmer.
Fabian ging weiter ins Lager. Dort war sein Vater die meiste Zeit und kümmerte sich um die Bestellungen. Auch jetzt saß er mit einem aufgeschlagenen Aktenordner am Computer.
„Hallo, Papa."
„Ach, hallo, Fabbi, ist es schon halb sechs? Warte, ich muss nur noch das hier fertig machen."
Fabian ging zurück in den Laden. Als er noch kleiner war, hatte er es dort unendlich spannend gefunden, aber jetzt nicht mehr. Er schlenderte zwischen den Regalen herum und blieb bei den Maschinen stehen. Rasenmäher und Trimmer. Motorsägen. Die waren wirklich lächerlich klein verglichen mit der, die er im Park gesehen hatte. Er sah die Monstersäge vor sich, wie sie einen dicken Baumstamm durchschnitt wie ein Brotmesser einen Laib Brot. *Wwwwrrrroom.*
„Okay, wir können", rief sein Vater von der Kasse.

Sie gingen in die Tiefgarage. Sein Vater pfiff vor sich hin, wie immer, wenn er guter Laune war.
„Jetzt kaufen wir dir ein paar richtig schöne Markenschlittschuhe“, sagte er. „Die habe ich nie gehabt, das konnten wir uns nicht leisten. Ich musste meine Ausrüstung selber erarbeiten. Und die Gebühr für die Schlittschuhschule auch.“
Fabian hatte die Geschichte schon tausendmal gehört. Sein Vater hatte als Laufbursche gejobbt, als er in Fabians Alter war. Später hatte er jeden zweiten Abend gearbeitet und an den anderen Abenden Hockey trainiert.
Sie fuhren zu einem Einkaufszentrum am Stadtrand, wo es das größte Sportgeschäft gab. Dort hatten sie auch den Beinschutz gekauft.
„Dann wollen wir mal sehen, welche Größe du brauchst“, sagte Fabians Vater. „Nicht zu groß und nicht zu klein. Schlittschuhe müssen perfekt sitzen!“
Fabian probierte und sein Vater half ihm beim Schnüren. Es war nicht ganz leicht, die Schnürsenkel ordentlich festzuziehen. Fabian lief ein paar Schritte auf den Schutzschienen. Bewegte die Zehen und spürte nach. Saßen sie richtig? Oder waren sie zu

groß? Er wischte sich den Schweiß von der Stirn, es war ganz schön warm in dem Laden.
„Und?“, fragte sein Vater.
Die Verkäuferin sah sie mit einem geschäftsmäßigen Lächeln an.
„Ich weiß nicht“, sagte Fabian.
„Was weißt du nicht? Sind sie zu klein?“
„Nein, aber … Passt schon.“
„Gut, dann nehmen wir die. Und einen neuen Schläger brauchen wir auch“, sagte sein Vater und zückte das Portemonnaie.
„Selbstverständlich“, nickte die Verkäuferin und hielt einen Schläger neben Fabian.
„Der dürfte passen, oder? Das obere Ende muss bis zum Kinn reichen.“
Sein Vater nickte und steckte seine ec-Karte in den Kartenleser, während Fabian damit kämpfte, die Schnürsenkel aufzubekommen.

Im Supermarkt schob Fabian wie immer den Einkaufswagen. Wahrscheinlich, weil er das als Kind so toll gefunden hatte. Manchmal hatte er das Gefühl, sein Vater kapierte nicht, dass er älter geworden war.

In rasantem Tempo zog er die Waren aus den Regalen. Das war ganz anders, als mit seiner Mutter einkaufen zu gehen. Dann schob Fabian zwar auch den Einkaufswagen, aber seine Mutter las sich alle Zutatenlisten durch und brauchte ewig, bis sie sich entschieden hatte.

„Vielleicht solltest du bei dem Spiel am Samstag lieber noch mal die alten Schuhe anziehen“, meinte sein Vater an der Kühltheke. „Schlittschuhe müssen eingefahren werden, weißt du.“

Fabian nickte. Seine Brust zog sich zusammen. Das Spiel am Samstag. Er kaute an seinem Daumennagel, sagte aber nichts.

„Glaubst du, dass du von Anfang an spielen darfst?“

„Nö“, murmelte Fabian, „wahrscheinlich erst im zweiten Drittel“.

„Okay. Auf geht's zur Kasse, an der nächsten Kreuzung rechts blinken.“

„Oh Mann, Papa! Ich bin keine fünf mehr.“

„Okay, tut mir leid, Fabbi.“ Er wuschelte ihm durchs Haar. „Puck!“

Auf dem Nachhauseweg machten sie einen Zwischenstopp und holten eine Familienpizza. Sobald

sie zu Hause waren, deckte Fabian den Tisch, während sein Vater die Einkäufe verstaute. Seine Mutter war in ihrem Zimmer, aber Fabian hatte Krümel auf der Arbeitsfläche in der Küche gesehen. Dann hatte sie wenigstens etwas gegessen. Gut. Wenn sie nichts aß, ging es ihr meistens schlechter.
Vicky stürmte herein, als sie sich gerade an den Tisch gesetzt hatten. Fabians Vater bekam eine tiefe Falte zwischen den Augenbrauen.
„Kommst du auch mal? Dein kleiner Bruder hat wenigstens beim Einkaufen geholfen. Und wenn ich mich recht erinnere, hast du versprochen, das Bad zu putzen – hast du das getan?“
Vicky schüttelte den Kopf und der schwarze Pony rutschte vor ihre Augen.
„Tut mir leid, aber ich hatte bis über beide Ohren zu tun. Unter anderem Hausaufgaben.“
„Und wieso kommst du dann jetzt erst nach Hause?“
„Man kann auch woanders Hausaufgaben machen“, konterte Vicky. „Außerdem ist Schinken auf der Pizza. Papa, du weißt doch, dass ich kein totes Schwein esse.“
Sorgfältig pulte sie jedes Schinkenstückchen von der Pizza und schmiss sie auf den Pizzakarton. Fabian

sah, wie die Gesichtsfarbe seines Vaters von normal zu Rot wechselte. Signalrot. *Hör auf, Vicky.* Aber seine Schwester machte ungerührt weiter, jeder noch so kleine Schinkenstreifen musste weg.
Da explodierte sein Vater. „Jetzt reicht es, Viktoria! Entweder du isst, was auf den Tisch kommt – oder du kannst gehen."
„Oder du kannst gehen", äffte Vicky ihn nach. „Du klingst, als wäre ich drei Jahre alt!"
Sein Vater wurde noch röter im Gesicht und haute mit der Faust auf den Tisch, dass die Gläser klirrten. Vicky stand mit einem Schnaufen auf und stapfte in ihr Zimmer. Nachdem sie die Tür zugeknallt hatte, war es totenstill. Fabian schnitt seinen Pizzarest in winzig kleine Stückchen.

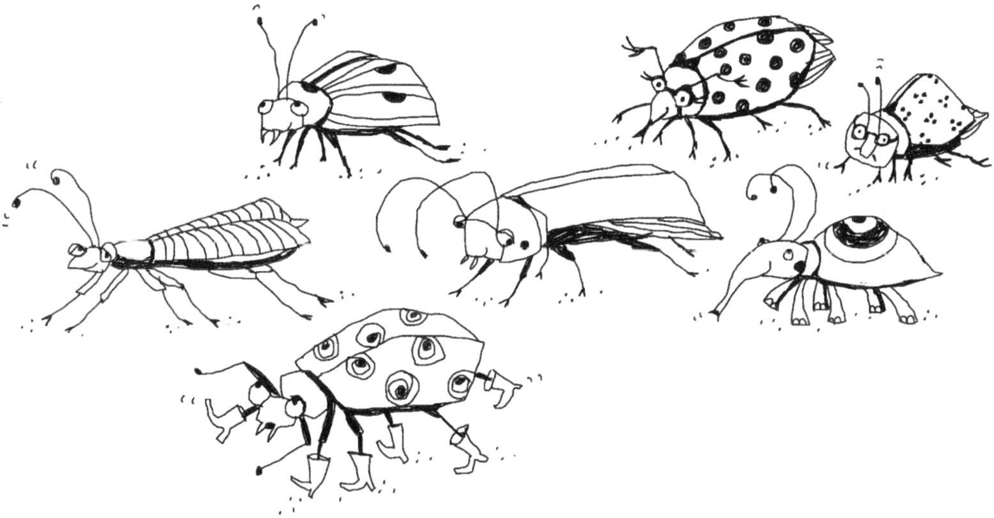

Am nächsten Tag hatten sie in der ersten Stunde Sachunterricht. Bibbi wollte, dass sie sich Insekten ansahen. Sie zwinkerte Fabian zu, erwähnte aber Wuschel mit keinem Wort.
„Bildet Zweiergruppen, und dann gehen wir raus und sehen uns Käfer an. Nehmt Papier und Stift mit, damit ihr sie abzeichnen könnt."
Fabian zog die Schultern hoch. Der Stein in seinem Bauch wuchs. Jetzt würden sich alle einen Partner suchen, nur mit ihm würde keiner zusammenarbeiten

wollen. Die Lehrerin würde ihm jemanden zuteilen, und das war meistens Ebba.
Aber da trat jemand an seinen Tisch.
„Wollen wir zusammenarbeiten?“, fragte Jonas.
Fabian schaute verdutzt hoch. Jonas wählte sonst immer Sammy, der immer Jonas wählte. Und dann fiel der Groschen: Sammy war nicht in der Schule. Er war beim Zahnarzt.
„Okay“, sagte Fabian.
Danach wetteiferten sie darum, wer die meisten Käfersorten fand. Bibbi hatte gesagt, dass es Hunderte verschiedene Arten gab. Das machte Spaß, und das schien Jonas auch zu finden. Den ersten Käfer entdeckten sie bereits auf dem Fensterbrett in der Klasse. Fabian hatte ihn erspäht.
„Yes!“, rief Jonas. „Den nehmen wir.“
Jede Zweiergruppe hatte ein Glas bekommen, in dem sie die Käfer fangen konnten, um sie abzuzeichnen. Fabian und Jonas beförderten den kleinen Käfer in ihr Glas und gingen dann raus auf den Schulhof. Es war ein ziemlich hässlicher Käfer mit einer Art Rüssel, ein grauer Mini-Elefant mit sechs Beinen. Fabian malte und Jonas hielt das Glas gegen das Licht.

„Bestimmt gibt es da drüben bei den Bäumen jede Menge Käfer“, meinte Jonas.
Sie liefen hinüber und ließen den Elefantenkäfer frei. Gleich darauf hatten sie schon einen neuen gefunden, der schön grün schillerte. Danach entdeckten sie einen kleinen schwarzen und dann einen großen, wunderschön blau schimmernden Käfer. Die Zeit verging wie im Flug und viel zu schnell mussten sie wieder in die Klasse zurück. Fabian und Jonas hatten sieben verschiedene Käfer gefunden, so viele wie sonst keiner.

Auf dem Nachhauseweg holte Jonas Fabian ein. Sie mussten in die gleiche Richtung. Fabian freute sich über die Gesellschaft, das war fast wie mit Emil.
„Kannst du Schach spielen?“, fragte Jonas.
„Hm, ich weiß nicht … vielleicht.“
„Ich bin im Schachklub. Wir spielen jeden Dienstag, das macht echt Spaß. Komm doch mal mit!“
Fabian nickte. „Okay, mach ich.“ Dabei ging das gar nicht, dienstags war Hockeytraining. Aber das behielt er für sich.
An der nächsten Kreuzung trennten sich ihre Wege. Fabian überlegte, ob er Jonas von der

Schmetterlingsraupe erzählen sollte. Vielleicht könnte er sie ihm sogar zeigen? Aber womöglich fand Jonas ihn dann kindisch. Das Risiko wollte er nicht eingehen. Stattdessen sagte er: „Mal sehen, vielleicht komme ich am Dienstag mit zum Schachklub."
„Super", antwortete Jonas. „Ich sag unserem Leiter schon mal, dass du kommst. Bis morgen in der Schule."
„Bis morgen."
Die ganze lange Steigung hinauf, die zu ihrem Haus führte, grübelte Fabian darüber nach, was er tun sollte. Warum hatte er bloß gesagt, dass er mit in den Schachklub kommen wollte? Er wusste doch, dass das unmöglich war. Jeden Dienstag und Freitag war Hockeytraining, und das durfte man nur ausfallen lassen, wenn man krank war. Er könnte ja sagen, dass er Halsschmerzen hatte. Aber dann würde er auch nicht zum Schachklub gehen dürfen.
Im Hinterhof rupfte er ein Büschel Gras für Wuschel ab. Aber mochte die Raupe das überhaupt? Was, wenn sie etwas anderes brauchte? Während er auf den Fahrstuhl wartete, hatte er eine Idee. Er würde Magda fragen, ob sie wusste, was Schmetterlingsraupen fraßen. Irgendwie hatte er das Gefühl, dass sie sich mit so was auskannte.

Fabian trank ein Glas Milch und schlich in sein Zimmer, um seine Mutter nicht zu wecken. Dann polsterte er eine leere Streichholzschachtel mit ein wenig Gras aus und legte Wuschel vorsichtig darauf. Man musste sie ganz leicht mit den Fingerspitzen hochheben, um den weichen Pelz nicht zu beschädigen.

Wenige Minuten später war er bei der *Karamellhexe.* Magda machte sofort auf.

„Hallo, Fabian. Wie geht es dir?"

Er öffnete die Schachtel und zeigte Magda die Raupe.

„Oh, eine Schmetterlingsraupe. *Macrothylacia rubi*, wenn ich mich nicht täusche, auch *Brombeerspinner* genannt."

„Brombeerspinner?" Fabian schaute Magda überrascht an. „Davon habe ich noch nie gehört. Wie sieht der Schmetterling aus?"

„Braun wie die meisten Edelspinner", sagte Magda. „Und jetzt möchtest du bestimmt wissen, wie man so eine Raupe pflegt?"

Das war wirklich unheimlich mit Magda, sie schien Gedanken lesen zu können.

„Ungefähr wie einen Hamster", fuhr sie fort. „Trockenes Gras, Moos, Preisel- oder Blaubeeren. Und einen Flaschenverschluss mit Wasser. Wie heißt sie denn?"

„Wuschel", antwortete Fabian und fühlte sich mit einem Mal wieder kindisch.
„Schöner Name. Ein interessantes Haustier. Viel Erfolg bei der Pflege."
Fabian sah sich im Laden um. Langsam aber sicher nahm das Ganze Form an. Die Regale waren frisch und in bunten Farben gestrichen. Die Bonbongläser standen auf dem Tresen, bis die Regale trocken waren.
„Am Montag ist Eröffnung. Vorher brauche ich aber noch ein paar Zutaten. Du musst wissen, dass ich alle Bonbons selber koche."
„Soll ich noch mehr Eicheln sammeln?"
Magda schüttelte den Kopf. Aber sie wartete noch auf Waren, die sie im Ausland bestellt hatte: Zimt, Pomeranze, Minze und getrocknete Granatapfelkerne.
„Und eine Menge mehr. Aber das ist streng geheim", sagte sie und zwinkerte Fabian mit einem Auge zu. „Alle meine Rezepte sind streng geheim, weißt du. Einige von ihnen sind uuuuralt!"
„Und von wem haben Sie die Rezepte?"
„Ich habe sie geerbt", sagte Magda. „Die meisten sind von meiner Ururgroßmutter mütterlicherseits. Sie hieß Henny und ist hundertzwei Jahre alt geworden."

„Wahnsinn!", staunte Fabian. „Darf ich mal zugucken, wenn Sie Bonbons kochen? Ich mach auch die Augen zu, wenn Sie die geheimen Zutaten unterrühren."
Magda lachte und meinte, dass das wohl möglich wäre. Sobald das Paket aus Marokko da sei, wollte sie loslegen, voraussichtlich am Samstag.
„Haben Sie mitbekommen, dass sie mit dem Fällen der Bäume im Königspark angefangen haben?", fragte Fabian. „Auf der anderen Seite, von hier aus kann man es nicht sehen."
„Was du nicht sagst." Magda runzelte die Stirn. „Soso. Dann haben sie also angefangen …"
„Wussten Sie davon?"
„Dass dort ein neues Einkaufszentrum gebaut werden soll? Ja, das wusste ich. Aber ich wusste nicht, dass es jetzt schon losgeht."
„Meine Schwester ist Mitglied in einer Protestgruppe", erzählte Fabian. „Sie protestiert gegen eine Menge Dinge, und jetzt eben gegen das Einkaufszentrum."
Magda zog eine Augenbraue hoch und musterte ihn durch ihre riesigen Brillengläser.
„Aha, aha, was du nicht sagst. Das ist gut, dass es so engagierte Jugendliche gibt. Ein Einkaufszentrum

anstelle eines schönen Parks, das ist doch wirklich furchtbar."
Sie nahm ihre Brille ab und putzte sie mit einem Zipfel ihres Hemdes. Fabian sah, dass sie dunkle Augen hatte. Grün vielleicht?
„Ich bringe Wuschel besser mal nach Hause", sagte er.
„Verstehe", nickte Magda. „Nur einen Moment noch."
Sie verschwand durch die Tür hinter dem Tresen und kam mit einer kleinen Plastiktüte zurück, die sie Fabian überreichte. Darin lagen eine Handvoll Blaubeeren.
„Steck sie ins Gefrierfach, dann kannst du sie portionieren."
Und wie die anderen Male auch bot sie Fabian Bonbons an, bevor er ging. Diese waren dunkelblau.
„Lutsch sie vor dem Hockeyspiel", sagte Magda. „Drei Stück!"
Fabian steckte die Bonbons in die Tasche, aber erst im Fahrstuhl zur Wohnung fiel ihm ein, dass er Magda überhaupt nicht erzählt hatte, dass er Hockey spielte. Woher wusste sie das? Er musste es wohl erwähnt und danach gleich wieder vergessen haben.

Es kam der Samstag, an dem zwei wichtige Ereignisse stattfinden sollten: Zuerst das Spiel der Bärenmannschaft gegen RIF und später der Besuch bei Magda, um ihr beim Bonbonkochen zu helfen.
Das Freitagstraining war gut gelaufen und Fabian war gar nicht so aufgeregt wie sonst vor einem Match. Magda und ihr Laden waren irgendwie wichtiger als Hockey, spannender. Er musste die ganze Zeit ans Bonbonkochen denken und vergaß darüber fast seine Nervosität.

Als es Zeit war, die Tasche mit Beinschutz, Handschuhen, Helm und allen anderen Sachen zu packen, fielen Fabian die blauen Bonbons wieder ein, die Magda ihm mitgegeben hatte. „Lutsch sie vor dem Spiel“, hatte sie gesagt. Aber wann genau? Jetzt? Oder erst auf dem Eis?
Das erste Bonbon steckte er während der Autofahrt in den Mund. Es schmeckte so stark, dass es bis in die Nase zog. Stark und gut. Fabian war ganz erfüllt von dem Geschmack. Als er im Umkleideraum saß, fiel es ihm ungewöhnlich leicht, seine Schlittschuhe zu schnüren.
Das zweite Bonbon steckte er kurz vorm Anpfiff in den Mund. Fabian glaubte zu spüren, wie seine Schlittschuhe immer mehr Schwung bekamen. Müde wurde er auch nicht. Und unmittelbar vor der ersten Pause gelang ihm ein richtig gefährlicher Pass vor dem Tor der Gegner.
„Gut gespielt, Fabian“, lobte Trainer Ole in der Umkleide. „Du hast ja heute ein ganz schönes Tempo drauf. Weiter so!“
Fabian nickte und durchsuchte seine Tasche nach dem dritten Bonbon. Er schob es in den Mund und genoss

den starken Geschmack. In den letzten beiden Dritteln spielte er drei Pässe, die zu einem Tor führten.
Auf dem Nachhauseweg war sein Vater besonders gut gelaunt.
„Heute hast du wirklich erstklassig gespielt“, sagte er. „Ich bin ganz heiser vom Anfeuern!“
„Hm“, machte Fabian. „Papa, könntest du mich wohl hier absetzen? Ich muss noch was erledigen.“
„Triffst du einen Freund?“
„Hm. Sie heißt Magda.“
Sein Vater fuhr an den Straßenrand, nur ein paar Meter von der *Karamellhexe* entfernt. Lächelnd streckte er die Hand durch das Fenster.
„Puck! Und lieben Gruß an Magda.“
Sein Vater dachte natürlich, dass Magda in Fabians Alter war. Fabian lächelte. Sollte ihm recht sein. Er klatschte seine Hand gegen die seines Vaters. *Puck!*
„Zum Abendessen bist du aber wieder zu Hause. Es wird wohl wieder Pizza geben. Aber diesmal ohne Schwein!“
Fabian lachte. „Okay, ich komm um fünf.“
Dann sah er dem Auto hinterher, bis es in der Kurve verschwunden war. Wenn sein Vater zufrieden war,

erschien alles viel leichter und Fabian bekam auch gute Laune.
Er klopfte an die Ladentür. Nach nur wenigen Sekunden erschien Magda auf der Schwelle.
„Du kommst also wirklich. Wie war das Spiel?"
„Gut. Sehr gut!"
„Dachte ich's mir doch." Magda sah ihn mit einem freundlichen Lächeln an. Dann bat sie ihn herein und schloss die Tür. Im Laden duftete es intensiv. Nach Farbe? Oder nach Waschmittel? Fabian war sich nicht ganz sicher.
„Ich koche Kastanien", erklärte Magda. „Der Topf hat die ganze Nacht auf dem Herd gestanden. Die Flüssigkeit muss einkochen, weißt du. *Reduzieren* heißt das auch, wie bei einer richtig guten Soße. Bald ist von unseren drei Tüten nur noch ein halber Liter Kastanienessenz übrig!"
Fabian hängte seine Jacke auf und wollte gerade die Schuhe ausziehen, aber Magda sagte, er solle sie lieber anlassen, da der Boden ziemlich klebrig sei. Dann führte sie ihn durch den Vorhang hinter dem Tresen. Sie kamen zuerst in einen Flur, von dem links ein Büro und rechts eine Toilette abging. Dann betraten

sie einen Raum, wie Fabian noch nie einen gesehen hatte! Er war lang und schmal, und alle Regale und Arbeitsflächen standen voll mit Flaschen und Gläsern und Töpfen in allen möglichen Farben und Formen. Auf dem Boden stapelten sich Kisten mit Äpfeln und Birnen. Magda war gerade dabei, die Früchte in Würfel zu schneiden. Auf einem Arbeitstisch stand eine Schale mit Apfelstückchen.

Auf einer anderen Arbeitsplatte entdeckte Fabian glänzende Apparate mit Schläuchen und Rohren und Glaskolben, in denen es blubberte. Die Luft war gesättigt von beißenden Dämpfen und Magdas Brille beschlug. Sie wischte sie mit einem Hemdzipfel ab.

„Das sind nur die Vorbereitungen“, sagte sie. „Um verschiedene Essenzen zu gewinnen. Dies hier waren übrigens deine Eicheln.“ Sie hielt einen Glaskolben vor eine Lampe. Die Flüssigkeit darin war dunkelgelb, wie flüssiger Honig, und glitzerte wunderschön. Der nächste Glaskolben enthielt Zimtessenz, die – wie zu erwarten – zimtbraun war.

Fabian entdeckte kleine Glasröhrchen mit Etiketten, auf denen fremdartige Namen standen.

„Das ist Latein“, sagte Magda.

In einem anderen Regal waren unzählige braune Glasbehälter aufgereiht, ebenfalls mit lateinischen Namen beschriftet. Magda erklärte, dass die empfindlichen Inhalte kein Licht vertrugen, weil sie sonst ranzig wurden.
Am hinteren Ende des langen Raumes sah Fabian einen großen Herd. Er stand frei, nicht an der Wand, wo Herde sonst meist stehen. Und dieser Herd hatte auch keine gewöhnlichen Kochplatten, sondern Gasflammen, über denen ein Riesentopf thronte, in dem es vor sich hin brodelte.
„Dann wollen wir doch mal sehen", sagte Magda und stieg auf einen Hocker, damit sie über den Rand schauen konnte.
Sie rührte kurz in dem Topf und verkündete dann, dass die Kastanienessenz jetzt fertig sei. Fabian half ihr, die Flüssigkeit in eine Schüssel zu gießen. Die Essenz war dunkelgrün, nicht braun, wie er erwartet hatte. Und sie roch bitter. Ob das schmeckte?
„Was für eine Sorte Bonbons soll heute gemacht werden?", fragte er.
„Heute wollte ich die Kastanien und Eicheln und ein paar andere Zutaten verarbeiten. Was genau,

ist geheim, wie gesagt. Und vergiss nicht, dass du versprochen hast, nicht zu fragen“, sagte Magda streng und fixierte ihn mit ihrem Blick.
Fabian wurde es fast ein bisschen unheimlich. Magda hatte nicht nur freundliche Seiten. Wer war sie eigentlich? Und wo kam sie her?
Die Bonbonkocherei war schweißtreibend. Durch den heißen Herd war es sehr warm in dem Raum. Fabian durfte den Zucker abmessen und staunte nicht schlecht, wie viel davon gebraucht wurde. Magda lachte.
„Und das ist nur ein Bruchteil von dem, was in normalen Bonbons ist. Meine sind viel gesünder, der größte Teil sind Früchte. Und zum Härten verwende ich Algen.“
Fabian durfte rühren, während Magda die Apfelstückchen in die Masse schüttete. Ein säuerlicher Duft stieg aus dem Topf auf und verdrängte den beißenden Geruch. Eigentlich sah die Masse aus wie gewöhnliches Apfelmus. Aber das änderte sich, als Magda ihre geheimen Zutaten dazugab.
Sie öffnete ständig neue Gläser und murmelte ohne Unterlass vor sich hin. Ein Löffel violettes Pulver aus

dem einen, zwei Löffel knallrotes Pulver aus einem anderen Glas. Eigentlich brauchte Fabian die Augen gar nicht zukneifen, weil er ohnehin nichts mit den fremdartigen Zutaten anfangen konnte.

„So, jetzt noch zwei Deziliter Kastanienessenz und ein Deziliter Eichelessenz."

Allmählich nahm die Masse eine appetitliche nussbraune Farbe an und war immer schwerer zu rühren. Am Ende ging es kaum noch.

„Gut", sagte Magda. „Zu zweit ist es viel einfacher. Vielleicht willst du ja mein Assistent werden?"

„Ja, gerne!", rief Fabian und sein Herz machte einen Hüpfer. „Aber ich muss noch weiter in die Schule gehen und dann ist da auch noch das Eishockeytraining …"

Magda winkte ab. „Das wird sich schon regeln. Mach dir keine Sorgen."

Als die Masse fertig war, nahm Magda eine Zange und zog lange, glänzende Stränge über eine Arbeitsfläche. Fabian durfte mit einer anderen Zange kleine Stückchen davon abkneifen. Langsam füllte sich die Arbeitsfläche mit braunen Karamellbonbons. Sie lagen da und glänzten wie Juwelen.

„Darf ich eins probieren?“, bat Fabian.
„Nein!“, sagte Magda scharf.
Fabian zog die Hand zurück. Das Nein war wie ein Schlag auf die Finger. Was wollte sie damit sagen? Dass er nicht mal ein einziges kleines Bonbon probieren durfte, obwohl er ihr die ganze Zeit geholfen hatte? Aber vielleicht befürchtete sie, dass sonst nicht genug für den Eröffnungstag übrig wäre. Da kamen bestimmt viele Leute. Er hatte in der ganzen Stadt noch keinen anderen Laden gesehen, in dem es selbst gemachte Bonbons gab.
„Gefällt es dir in der Schule?“, fragte Magda unvermittelt, als Fabian seine Jacke anzog, um nach Hause zu gehen.
„Ja, super“, antwortete Fabian.
Er zögerte. Magda war nicht wie seine Mutter, er spürte, dass sie eine ehrliche Antwort von ihm erwartete.
„Nein, nicht sonderlich.“
„Hab ich mir schon gedacht. Die Schule ist manchmal grausam. Ärgern sie dich?“
Fabian wusste nicht, was er darauf antworten sollte. Das war es nicht, was ihm zu schaffen machte, sondern dass

er noch immer keinen Freund gefunden hatte. Ebba litt viel mehr, sie wurde von allen aufgezogen.
„Es gibt jemanden, dem es noch schlechter geht als dir."
Fabian wunderte sich kaum noch über Magdas Fähigkeit, seine Gedanken lesen zu können. Er nickte und erzählte von Ebba, die einem wirklich leid tun konnte. Sie war ziemlich dick und fing beim kleinsten bisschen an zu heulen.
Fabian war auch einmal gemein zu Ebba gewesen. Aber das würde nie wieder vorkommen, hatte er sich geschworen.
„Dann schlage ich vor, dass du Ebba das nächste Mal, wenn du sie siehst, ein Bonbon anbietest", sagte Magda. „Nimm eins von den roten hier!"
Kurz darauf passierte etwas sehr Merkwürdiges. Kaum hatte Fabian den Laden verlassen, traf er Ebba! Sie zog den Kopf ein und wollte unbemerkt an ihm vorbeihuschen, aber Fabian stellte sich ihr in den Weg und hielt ihr das Bonbon hin.
„Bitte", sagte er. „Für dich."
Ebba schüttelte den Kopf, blieb aber trotzdem stehen.
„Bitteschön", sagte Fabian noch einmal, „nimm es!"

„Du willst mich doch nur auf den Arm nehmen“, sagte Ebba. „Du bist wie alle anderen.“
„Nein! Ich bin auch nie wieder gemein zu dir, versprochen.“
Ebba hob den Kopf und sah ihm in die Augen. „Okay, danke.“
Sie schnappte sich das Bonbon und lief eilig weiter.
„Bis in der Schule“, rief Fabian hinter ihr her.

Der nächste Tag war ein Sonntag. Magda hatte gesagt, dass sie den Tag freinehmen wollte. Fabian hatte nichts zu tun. Erst versorgte er Wuschel, dann spielte er eine Weile auf dem Computer. Neben der Tastatur lag ein Block, auf dem etwas in Vickys Handschrift stand.

Königspark 12.00 Uhr
Seile und Tee mitbringen (Palle bringt Butterbrote)
Mia wegen Hängematte anrufen

Ach ja, Vickys Demonstration, die hatte er völlig vergessen. Einmal war Fabian mitgegangen, als Vicky demonstrierte. Sie waren in langen Reihen durch die Straßen gezogen und hatten „Befreit Palästina!" gerufen.
Fabian sah auf die Uhr. Halb zwölf. Er beschloss, einen Spaziergang zum Königspark zu machen, um zu schauen, was dort los war.
Im Park waren viele Leute unterwegs. Der Himmel war blau und die Luft herbstlich kalt. Die Bagger standen schlafend mit hängenden Köpfen da. Und die Männer mit den gelben Helmen hatten frei, weil Sonntag war. Von der großen Kastanie waren nur noch ein paar Äste und ein Haufen Zweige übrig.
Auf dem Hügel war der Bär los. Ein paar Mutige waren in die riesige alte Eiche geklettert und hatten zwischen den Ästen in mindestens zehn Metern Höhe eine Hängematte aufgehängt. In der Hängematte saß jemand, aber von unten konnte man nur die Stiefelsohlen sehen, die links und rechts über den Rand baumelten.
Fabian bahnte sich einen Weg durch die Menschenmenge. Jetzt war es ausnahmsweise mal

praktisch, klein zu sein. Es waren viele Erwachsene da, aber die Kletteraffen in der Eiche waren Jugendliche. Irgendwann entdeckt er Vicky. Sie stand auf dem Baumstumpf der gefällten Kastanie. Fabian winkte ihr zu und bekam ein Lächeln als Antwort. Eine warme Welle des Stolzes rollte durch sein Inneres. Viktoria. Vicky. Seine große Schwester! Jetzt griff sie nach einem Mikrofon, hielt es sich vor den Mund und begann zu reden. Die Leute wurden still und hörten ihr zu.

Die Eiche da drüben ist dreihundert Jahre alt.
Könnt ihr euch das vorstellen?
Irgendwann Anfang des 18. Jahrhunderts war sie eine kleine Eichel.
Nun haben unsere Politiker beschlossen, dass sie sterben muss!
Im Königspark sollen über fünfzig Baumriesen gefällt werden.
Der halbe Park soll dem Erdboden gleichgemacht werden!
Und warum? Damit wir in unserer Stadt noch mehr Geschäfte bekommen.
Aber wir wollen keine neuen Geschäfte!

Wir wollen unsere Bäume behalten!
Wir wollen frische Luft!
Die Bäume sind die Lunge der Stadt.
Wir müssen PROTESTIEREN!

Kaum hatte Vicky den letzten Satz gesagt, schneite es Zettel vom Himmel. Fabian schaute nach oben. Die Zettel kamen aus der Hängematte. Er fing einen auf.

Protestiert gegen die Zerstörung des Königsparks. Kommt am 26. September um 15 Uhr zum Rathaus.

Ein Raunen ging durch die Menge. Einige wandten sich von Vicky und der Eiche ab. Ein Stück entfernt hielt jemand anders eine Rede. Fabian konnte nicht erkennen, wer da sprach, und es drangen nur Wortfetzen an sein Ohr.
… brauchen mehr … entwickeln … expandieren … Umsatz erhöhen … Parkgarage … größere Ladenfläche … Galerien …

Vicky griff wieder zum Mikrofon. Sie klang zornig, als sie sagte, dass es in der Stadt mehr als genug Läden gäbe und dass es viel besser wäre, das Geld in Schulen in den Vororten zu investieren.
Fabian wurde abgelenkt. War das nicht Magda da drüben? Die Schirmmütze kannte er doch. Ja, klar, das war sie. Aber als er sich durch die Menschenmenge gekämpft hatte, war sie weg.
Doch Moment mal, was war denn das? An der Stelle, wo er Magda gesehen hatte, stand ein kleiner Karton. Fabian klappte den Deckel auf und warf einen neugierigen Blick hinein. Der Karton war randvoll mit nussbraunen Karamellbonbons, genau solche, wie Magda und er gestern gekocht hatten! Fabian sah sich hastig um, dann hob er die Schachtel auf. Er wusste genau, was er zu tun hatte: Er würde die Bonbons austeilen. Es war, als würde Magda neben ihm stehen und ihn dazu auffordern. Entschlossen klappte er den Deckel hoch und setzte sich in Bewegung.
„Bitteschön, nehmen Sie doch ein Bonbon! Bitteschön, für Sie! Von der Karamellhexe."
Die meisten Leute nahmen ein Bonbon. Fabian spazierte von einer Gruppe zur nächsten. Dabei

achtete er darauf, immer neuen Leuten die Bonbons anzubieten. Bald war er bei denen angekommen, die gegen Vicky und ihre Protestfreunde und für den Bau eines Einkaufszentrums waren. Sollte er denen wirklich Bonbons anbieten? Die Männer trugen schwarze Mäntel und frisch gewienerte Schuhe, die Frauen Seidenschals und hohe Absätze.

Fabian gab sich einen Ruck. Er hielt ihnen den Karton hin. Aber die Frauen lächelten nur nachsichtig und die Männer schüttelten die Köpfe. Ein einziger Mann, der etwas am Rand stand, nahm ein Bonbon.

„Danke, Kleiner. Hm, lecker … das schmeckt aber … anders. Hm …", sagte er.

Er sah gedankenverloren vor sich hin, während er das Bonbon lutschte. Dann drehte er sich plötzlich um und ging weg. Die anderen schauten verdutzt hinter ihm her, Fabian auch. Der Mann steuerte zielstrebig auf die Eiche zu und verschwand in der Menschenmenge.

Als Fabian nach Hause kam, stand seine Mutter in der Küche und kochte Essen. Sie sah ungewohnt frisch aus. Vielleicht hatte sie ja bei einem ihrer

Kreuzworträtsel etwas gewonnen und war deswegen so gut gelaunt.
Es gab Curryhuhn mit Reis. Sie waren alle da, sogar Vicky, und sie redete ohne Punkt und Komma.
„Und dann kam plötzlich so ein Typ im Anzug und meinte, dass er richtig gut fände, was wir machen. Ihm sei gerade klar geworden, dass wir recht hätten. Als er meine Rede hörte, habe er es endlich begriffen. Krass, oder?"
„Ich weiß nicht", meinte ihr Vater. „Die Stadt muss sich schließlich weiterentwickeln, und wir brauchen neue Kunden fürs Zentrum. Das würde uns auch Vorteile bringen."
„Du denkst immer nur an deinen blöden Laden!", schrie Vicky. Sie sprang auf. Klapperte mit dem Besteck und knallte die Spülmaschine zu.
„Du bist wie alle anderen Männer. Ihr denkt doch nur an Geld, Autos und materiellen Reichtum!"
„Immerhin bezahle ich mit meinem Geld das Essen, das du zu dir nimmst."
„Schreit doch nicht so", bat Fabians Mutter. „Ihr wisst doch, dass ich davon Kopfschmerzen kriege. Können wir nicht über was Positives reden?"

„In unserem Viertel eröffnet nächsten Montag ein Bonbonladen“, sagte Fabian. „Mit selbst gekochten Bonbons.“
Seine Mutter lächelte dankbar, aber Vicky stapfte wieder einmal wütend in ihr Zimmer und knallte die Tür hinter sich zu. Und sein Vater brummelte irgendetwas und spülte seinen Teller unter dem Wasserhahn ab.
„Wollen wir Scrabble spielen?“, fragte Fabian.
Seine Mutter kaute langsam den letzten Bissen Huhn. Dann lächelte sie matt und sagte, dass sie sich vorher noch ein bisschen ausruhen müsse.

Nachdem sie gescrabbelt hatten, zog Fabian seine Jacke an und sagte, dass er noch ein bisschen raus wollte. Die braunen Karamellbonbons gingen ihm einfach nicht aus dem Kopf. Er wollte Magda fragen, ob seine Vermutung stimmte.

Als er an der Tür der *Karamellhexe* klopfte, machte niemand auf. Da fiel es Fabian wieder ein. Magda wollte sich ja den Sonntag freinehmen. Zwar hatte sie ihm nicht erzählt, wo sie wohnte, aber Fabian glaubte es trotzdem zu wissen. Im Laden hatte nämlich ein aufgeschlagener Stadtplan gelegen und an einer Stelle war ein rotes Kreuz gewesen …

Fabian lief zurück nach Hause, um sein Rad zu holen. Dann bog er auf den Radweg, der nach Süden führte. Genau im Industriegebiet lag wie eine grüne Oase inmitten einer Steinwüste eine Schrebergartenkolonie. Dort hatte Magda das Kreuz gemalt. Auf einer seiner Radtouren war Fabian schon mal zufällig bei den Schrebergärten vorbeigekommen.

Ein rostiges Tor führte auf das Gelände. An dem Tor hing ein Schild:

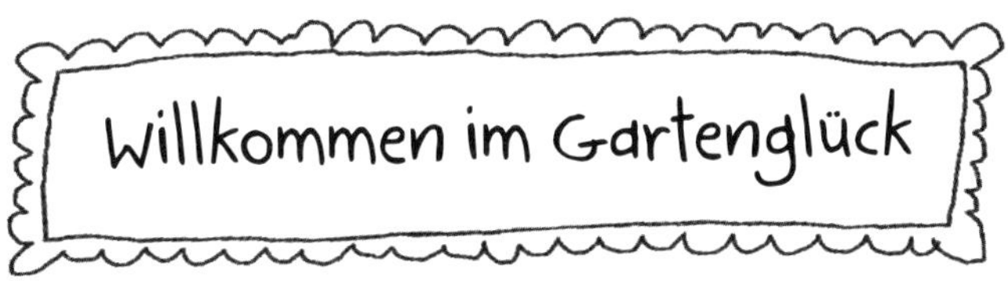

Das letzte Mal, als er hier gewesen war, hatte es von Leuten nur so gewimmelt, aber jetzt sah Fabian keinen Menschen weit und breit. In den kleinen Gärten lagen Blätter auf dem Boden und die Blumen waren verblüht. Schmale Pfade schlängelten sich zwischen den Häuschen hindurch. Aus einem einzigen

Schornstein stieg eine Rauchsäule auf. Dort musste Magda wohnen!
Fabian sah sich um. Es war etwas unheimlich, alleine zwischen den leeren Häusern spazieren zu gehen. Und was, wenn das gar nicht Magda war, die den Ofen angefeuert hatte? Er nahm all seinen Mut zusammen und klopfte vorsichtig an die blaue Tür. Sie öffnete sich einen Spaltbreit und Magda schaute heraus.
„Fabian! Wie hast du denn hierhergefunden?"
Magda klang besorgt. Sie trat auf die Treppe hinaus und sah sich um, dann zog sie Fabian in das Häuschen und machte die Tür schnell wieder zu.
Fabian erzählte ihr von dem Kreuz auf dem Stadtplan. „Und dann habe ich den Rauch gesehen", sagte er abschließend.
„Ist der so deutlich zu sehen? Schon von Weitem?"
„Nein, erst wenn man in den Weg oder, ähm, Pfad hier einbiegt. Verstecken Sie sich vor jemandem?"
„Na ja … sagen wir mal: Ich wohne hier ohne Wissen der Besitzer. Eigentlich ist es nicht erlaubt, den Winter über im Schrebergarten zu wohnen. Aber ich werde natürlich ordentlich putzen und neues Brennholz nachlegen, dann merkt keiner was!"

Fabian wusste nicht, was er sagen sollte. Dass Magda sich das traute! Und was, wenn sie entdeckt wurde? Dann käme bestimmt die Polizei. Aber wenn sie ordentlich putzte und aufräumte, war es vielleicht in Ordnung, eine Wohnung zu leihen? Wenn sie sowieso leer stand …

„Okay, verstehe“, sagte er schließlich. „Von mir wird keiner was erfahren, versprochen!“

Magdas Miene entspannte sich etwas. Sie trat an den Kamin und zeigte auf einen Stuhl. Fabian setzte sich und hielt seine rot gefrorenen Hände vor die Flammen. Das tat gut. Dann nahm er Anlauf:

„Magda, ich muss Sie was fragen. Ihre Bonbons – machen die etwas mit einem? Ich meine, verändert man sich irgendwie, wenn man sie lutscht?“

Magda musterte Fabian ernst durch ihre großen Brillengläser. Dunkelgrüne Iris mit einem Hauch Gelb. Fabian kam sich klein und dumm vor und war ziemlich nervös. Dann seufzte Magda und begann zu sprechen.

„Ich hätte wissen müssen, dass du es irgendwann durchschauen würdest. Denn dass du ein intelligenter Junge bist, weiß ich ja bereits. Und ja, du hast vollkommen recht. Ein Teil des Geheimnisses meiner Bonbons ist … wie soll ich es erklären … dass sie die Gedanken der Leute verändern können. Hin und wieder. Wenn es notwendig ist."

„Ich habe sie übrigens alle verteilt", sagte Fabian. „Im Königspark."

„Sehr gut. Danke für die Hilfe! Zuerst wollte ich es selber machen, aber dann habe ich mir überlegt, dass bestimmt mehr Leute ein Bonbon von einem Kind annehmen."

Fabian nickte. Magda konnte schon etwas schrullig wirken, wenn man sie nicht kannte.

„Heißt das, dass alle Leute, die ein Bonbon gelutscht haben, ihre Meinung geändert haben?", fragte Fabian. „Was den Park und die Bäume betrifft, meine ich."

„Wollen wir es hoffen. Aber die meisten, die im Park waren, wollten wahrscheinlich von Anfang an, dass die Bäume stehen bleiben. Das Problem sind die anderen. Und die haben leider das Sagen."

Sie saßen eine Weile schweigend nebeneinander und hingen ihren Gedanken nach. Dann fragte Magda: „Du kennst nicht zufällig das Mädchen, das im Park die Rede gehalten hat?"

„Doch, klar, das ist meine große Schwester!“
„Was du nicht sagst. Sehr gut. Weißt du was, Fabian, wir machen Folgendes: Komm morgen Abend mit deiner Schwester in die *Karamellhexe.* Ich möchte gerne mit ihr sprechen. Sag ihr, dass es wichtig ist und um den Königspark geht.“
Aber ehe Fabian sich verabschiedete, musste er unbedingt noch eine Frage loswerden. Wie immer kam Magda ihm zuvor.
„Möchtest du noch etwas wissen?“
„Jaa, doch. Ihre Bonbons – können die auch Menschen gesund machen? Also … wenn jemand krank ist … und …“
„Na ja, meine Bonbons sind keine Medizin in dem Sinne“, sagte Magda. „Aber manchmal funktioniert es. In Ausnahmefällen.“

An diesem Abend besuchte Fabian Vicky in ihrem Zimmer. Sie lag auf dem Bett und las und hatte die Musik bis zum Anschlag aufgedreht. Er drehte sie leiser und setzte sich auf die Bettkante.
„Was willst du? Siehst du nicht, dass ich lese?“
„Ich habe eine Nachricht für dich“, sagte Fabian.

„Es geht um den Königspark."
Und dann erzählte er Vicky von Magda und dass sie morgen um sieben Uhr mit ihm zur *Karamellhexe* gehen sollte. Er fügte noch hinzu, dass es wichtig war und dass sie dort mehr erfahren würde.
Normalerweise hörte Vicky nicht auf ihren kleinen Bruder und noch weniger tat sie, was er sagte, aber dieses Mal war es anders. Vielleicht, weil es um den Park ging. Sie verabredeten, nach dem Abendessen zusammen dorthin zu gehen.

In dieser Nacht träumte Fabian, dass er Bonbons kochte. Er rührte und rührte. Der Topf war größer als in Wirklichkeit, und als Fabian hineinguckte, war er randvoll mit Brillen, die beim Rühren schrecklich knirschten. Dann schwammen auch Augäpfel in dem Kochtopf und sahen ihn aus der Bonbonmasse an.
Nass geschwitzt wachte er auf und setzte sich mit pochendem Herzen im Bett auf.
Fabian knipste das Licht an und tappte hinüber ins Badezimmer, um zu pinkeln. Aus dem Zimmer seines Vaters war lautes Schnarchen zu hören. Im Zimmer seiner Mutter war es ganz still. Es war lange her, dass

Fabian das letzte Mal bei ihr geschlafen hatte, aber jetzt wäre er gern zu ihr unter die Decke gekrochen. Vorsichtig legte er die Hand auf die Türklinke. Er zögerte. Dann seufzte er und ging stattdessen in die Küche.
Er setzte sich an den Küchentisch und dachte über drei Dinge nach, die ihm sonderbar vorkamen:

1) Die dunkelblauen Bonbons, die er vor dem Hockeymatch von Magda bekommen hatte
2) Das rote Bonbon, das er Ebba gegeben hatte
3) Der Mann im Anzug, der ein braunes Bonbon gelutscht und plötzlich seine Meinung geändert hatte

Punkt drei war geklärt, Magda hatte zugegeben, dass die braunen Karamellbonbons Menschen auf andere Gedanken bringen konnten. Aber Punkt eins? Das Hockeyspiel war für ihn ungewöhnlich gut gelaufen, aber war das den Bonbons zu verdanken?
„Sie verändern die Gedanken der Leute“, hatte Magda gesagt. Hatten sich Fabians Gedanken verändert, nachdem er die blauen Bonbons gelutscht hatte? Schon möglich … Auf alle Fälle hatte er gespürt,

dass sie gewinnen würden. Ja, er war sogar sicher gewesen, dass sie gewinnen würden, und war schneller gefahren als je zuvor.

Wie das rote Bonbon gewirkt hatte, konnte er nicht sagen, er hatte Ebba seitdem nicht mehr gesehen. Wie war es ihr ergangen? Das musste er rausfinden.

Es tat gut, über diese Dinge nachzudenken. Fabian trank ein Glas Milch und wurde schläfrig. Jetzt konnte er bestimmt wieder einschlafen.

Montagmorgen. Fabian fiel es schwer, wach zu werden, aber es ging gleich leichter, als ihm einfiel, was heute für ein Tag war. Heute wurde die *Karamellhexe* eröffnet. Er frühstückte zusammen mit seinem Vater, wie immer.

„Morgen ist wieder Training", sagte sein Vater und sah ihn über den Rand der Morgenzeitung an.

„Hm", murmelte Fabian und dachte an den Schachklub.

„Freust du dich schon darauf, deine neuen Schlittschuhe auszuprobieren?"

„Hm, schon."

„Was für eine Begeisterung! Ist irgendwas mit dir?“
„Nichts Besonderes“, sagte Fabian und stand auf. „Bis heute Abend, Papa.“
Er hüpfte die Treppe runter und rannte bis zur *Karamellhexe.* Dort blieb er stehen. Wann hatte Magda das denn geschafft? Das Schaufenster war völlig verwandelt! Es stand voll bauchiger Gläser mit glänzenden Bonbons. Schade, dass er jetzt keine Zeit hatte, sich das genauer anzugucken, aber nach der Schule würde er wiederkommen.
Die Unterrichtsstunden zogen sich unerträglich in die Länge. Aber in den Pause scharten sich viele um Fabian, weil er verkündete, er würde alle mit zur *Karamellhexe* nehmen, wo es zur Eröffnung gratis Bonbons für alle gab. Das zumindest hatte Magda zu ihm gesagt.
In der letzten Stunde hatten sie Sport. Früher, an seiner alten Schule, hatte Fabian Sport gemocht. Der Lehrer dort war nett gewesen und sie hatten oft Brennball gespielt. Hier hatten sie den gnadenlosen Harald in Sport, und der liebte nichts so sehr wie Wettkämpfe. Das machte keinen Spaß. Fabian war nicht unsportlich, aber einige andere schon. Vor allem Ebba konnte einem leidtun.

Jetzt stand Harald in der Mitte der Halle und blies in seine Trillerpfeife.
„Los geht's! Heute spielen wir Hallenhockey. Aber zuerst wärmen wir uns auf! Fünf Runden!"
Alle liefen los. Die Schnellsten durften die Mannschaften wählen, und das waren immer Krille und Linnea. Krille wählte als Erstes Martin, obwohl der gar nicht so gut war. Ebba wurde immer als Letzte gewählt. Jedes Mal.
„Dreht noch ein paar Runden", rief Harald. „Für eure Kondition. Die Kinder heutzutage hocken viel zu lange vorm Computer. Kommt in die Puschen!"
Fabian rannte. An seiner Kondition war nichts auszusetzen. An Ebbas schon, er hörte sie hinter sich schnaufen. Fabian blieb stehen und wartete.
„Hast du das rote Bonbon probiert?", fragte er.
Ebba funkelte ihn an und schüttelte den Kopf.
„Dann tu es. Das ist bestimmt … gut für dich."
Ebba schüttelte noch einmal den Kopf. Bestimmt dachte sie, dass er sich über sie lustig machte – weil sie so dick war und besser gar keine Bonbons essen sollte.
„Hast du es noch?"

Ebba guckte zur Seite und sah aus, als würde sie jeden Moment in Tränen ausbrechen. Dann drehte sie sich um und rannte zur Umkleidekabine.

„Ebba! Komm zurück! Auf der Stelle!" Harald war krebsrot im Gesicht, jetzt würde es ungemütlich werden.

„Fabian! Lauf hinter ihr her und hol sie zurück! Und zwar sofort!"

Fabian gehorchte.

Aber Ebba war nicht in der Umkleide der Mädchen. Fabian warf einen Blick aus dem Fenster auf den Schulhof, und da entdeckte er sie. Sie ging barfuß, mit den Schuhen in einer Hand. Mit der anderen versuchte sie, sich die Jacke anzuziehen, über die Sportklamotten. Es hatte keinen Sinn, sie würde nicht zurückkommen. Fabian drehte sich um und lief zurück in die Halle.

Jetzt war Harald richtig sauer. Er sagte, dass er mit dem Direktor reden müsse und dass sie das mit dem Hallenhockey vergessen könnten. Stattdessen sollten alle weiterlaufen. Immer im Kreis. Total bekloppt.

Fabian lief. Er kriegte Seitenstiche und hasste, hasste, hasste Harald.

Ein ziemlich großer Pulk steuerte auf die *Karamellhexe* zu. Fabian ging mit Jonas und Sammy vorweg.
Alle waren neugierig und drängelten sich vor dem Schaufenster. Als Fabian die Tür öffnete, strömten die Kinder in den Laden.
„Willkommen!“, rief Magda. „Willkommen, alle zusammen. Bitteschön, probiert meine selbst gemachten Bonbons!“
Linnea kicherte und zog ihre Freundinnen hinter sich her. „Eine Eule“, flüsterte sie. „Die Alte sieht aus wie eine Eule!“
Fabian wurde wütend. War ihnen gar nicht bewusst, wie großzügig es war, dass Magda sie zu der Eröffnung eingeladen hatte?
Er nahm einen Korb mit Bonbons in allen erdenklichen Farben vom Tresen und ging damit im Laden herum. Sie schmeckten gut, aber nicht so besonders wie die, die Magda ihm bisher zu probieren gegeben hatte. Alle griffen zu und Linnea kicherte weiter.
Nach und nach verabschiedeten sich Fabians Mitschüler. Jonas und ein paar andere bedankten sich wenigstens, bevor sie gingen, aber die meisten

verschwanden einfach. Bald waren Magda und Fabian allein im Laden. Fabian hatte ganz rote Ohren, so sehr schämte er sich für die anderen.

„Da kannst du doch nichts dafür“, sagte Magda sanft. „Fabian, sieh mich an. Du kannst nichts dafür, dass sie verwöhnte Gören sind.“

Er schüttelte den Kopf und schaute in den Bonbonkorb. Fünf Stück waren übrig geblieben.

Magda seufzte.

„Kinder“, murmelte sie. „Ja, ja. Ärger dich nicht. Dafür haben sie auch nichts von den richtigen Bonbons bekommen. Das ist ein Geheimnis zwischen dir und mir.“

Fabian hob den Blick. Magdas Augen funkelten. Und plötzlich war ihm klar, wieso der Laden *Karamellhexe* hieß. Denn wenn es tatsächlich Hexen gab, dann war Magda eine von ihnen. Wieso sonst konnte sie so spezielle Bonbons kochen?

Nach dem Abendessen lief Fabian noch einmal mit Vicky zu Magdas Laden.

„Was für ein tolles Schaufenster!“, staunte Vicky. „Gehen wir rein?“

Magda freute sich, sie zu sehen. Sie schüttelte Vickys Hand und begrüßte sie wie eine Erwachsene. Fabian zwinkerte sie nur zu.

„Euer Einsatz im Königspark ist sehr wichtig! Gut, dass du und deine Freunde euch so engagiert."

„Magda hat deine Rede gehört", erklärte Fabian.

„Genau. Und ich fand sie grandios."

„Danke!" Vicky wurde rot. Aber ihr war anzusehen, dass sie sich über das Lob freute.

„Was wird der nächste Schritt sein?", fragte Magda interessiert.

„Wir wollen uns zum Protestieren vorm Rathaus treffen. Am Freitag wird dort die Entscheidung für oder gegen das Einkaufszentrum gefällt."

„Hm … Ich würde euch gerne helfen, weißt du. Auf meine Weise."

„Es wäre natürlich super, wenn auch Erwachsene kommen", sagte Vicky. „Je mehr, desto besser!"

Magda lächelte und lud sie in den Raum hinter dem Tresen ein. Dort hatte sich in der Zwischenzeit einiges getan. Überall standen große Schalen mit fertigen Bonbons. Lila, rosa, hellblau. Vicky sah sich neugierig um.

„Wow! Hier stellen Sie also Ihre Bonbons her? Ich hatte ja keine Ahnung, dass man so viele verschiedene Sachen dafür braucht."
„Kommt auf die Sorte an", sagte Magda.
„Ein paar von ihnen verändern die Gedanken der Menschen", verriet Fabian.
Oje, durfte er das überhaupt erzählen? Er schielte zu Magda hinüber, die zu seiner Erleichterung nickte.
„Genau, ich habe eine Menge Geheimrezepte. Und ich könnte euch vor der entscheidenden Sitzung im Rathaus ein paar ganz spezielle Bonbons anbieten."
Vicky hörte mit einer Falte zwischen den Augenbrauen zu und sagte nichts. Fabian beobachtete die Falte besorgt, weil sie bedeutete, dass Vicky Magda nicht glaubte.
„Das sind die Karamellbonbons. Wirkung garantiert! Mit dem Extrakt von Eicheln und Kastanien – in einem ausgewogenen Verhältnis – und vielen anderen, geheimen Zutaten."
Die braunen Karamellbonbons in dem Glasbehälter glitzerten hübsch. Vicky nahm eins heraus und betrachtete es ausgiebig von allen Seiten unter einer Lampe.

„Und die Dinger sollen die Gedanken von Menschen verändern?“, fragte sie und lachte leise. „Sind das Drogen, die Sie herstellen?“

„Nein … Betrachte sie eher als eine Art … Medizin. Man könnte sagen, dass ich hier neue Wirkstoffe entwickele. Du weißt doch sicher, dass es Medikamente gibt, die traurige Menschen aufmuntern und die Stimmung heben?“

Ja, das wussten Vicky und Fabian. Ihre Mutter nahm auch solche Medikamente gegen ihre Müdigkeit – die schienen allerdings nicht sonderlich zu helfen.

„Okay, verstehe“, nickte Vicky.

Sie leckte an dem Karamellbonbon und dachte nach.

„Probieren kann ja nicht schaden“, meinte sie schließlich. „Das Problem ist nur, wie wir die Politiker dazu bringen sollen, sie zu lutschen. Ich glaube nicht, dass einer von denen ein Bonbon von mir annimmt.“

„Das hab ich auch schon gedacht“, sagte Magda.

„An dieser Stelle kommt Fabian ins Spiel. Ich habe folgenden Plan: Als Erstes legen wir die Karamellbonbons in eine gekaufte Bonbondose, damit man nicht sieht, dass sie selbst gemacht sind. Dann geht Fabian damit aufs Rathaus und sagt, dass er Geld für seinen Hockeyverein sammelt. Dass Schwierige ist, die Politiker dazu zu bringen, dass sie für die Karamellbonbons zahlen. Aber wenn sie was dafür bezahlt haben, lutschen sie sie auch, garantiert!“

Es war aufregend, ein Geheimnis mit Vicky zu teilen. Fast wie früher, als sie noch kleiner waren, bevor Vicky anfing, jeden Abend mit ihren Freunden wegzugehen und Fabian lästig zu finden. Jetzt durfte er in ihr Zimmer und sich mit ihr unterhalten – oder Musik hören.

„Schön, dass noch einer aus der Familie sich Gedanken macht“, sagte Vicky.

Sie saßen in ihrem Zimmer und wickelten gekaufte Bonbons aus dem Goldpapier. Fabian packte die

Bonbons aus und Vicky strich das Papier glatt. Darin wollten sie die Spezialkaramellen einwickeln. Beide hatten den Mund voller Süßigkeiten, was das Sprechen erschwerte.
„Muss ich irgendwas Besonderes anziehen?“, fragte Fabian schmatzend.
„Da hab ich noch gar nicht drüber nachgedacht.“ Vicky überlegte. „Vielleicht … wäre es besser … wenn du wenigstens nicht deine durchgelatschten Turnschuhe anziehst.“
„Okay. Es wäre mir ja lieber, wenn ich das nicht alleine machen müsste.“
„Nimm doch jemanden aus deiner Klasse mit. Oder aus dem Hockeyverein.“
Fabian dachte nach. Vielleicht sollte er Jonas fragen? Oder Sammy? Nein, das ging nicht, er kannte weder Jonas noch Sammy gut genug.
„Hast du immer noch keine Freunde gefunden? Wir wohnen doch jetzt schon über ein halbes Jahr hier. Ich dachte, du hättest jede Menge Kumpel im Hockeyverein?“
Fabian schüttelte den Kopf und erzählte. Dass die anderen nach dem Training immer gleich nach Hause

fuhren. Dass sich alle schon ewig kannten und Fabian zu spüren gaben, dass sie ihn nicht dabeihaben wollten. Das sah er an ihren Mienen und Blicken, auch wenn sie es nicht aussprachen.
„Ach, Fabbi …“, seufzte Vicky. Sie legte einen Arm um seine Schulter und Fabian konnte die Tränen kaum noch zurückhalten. Er schluckte ein paarmal heftig.
„Das ist alles so bescheuert …“
„Was meinst du? Spuck's aus.“
Fabian richtete sich auf und putzte sich die Nase mit einem Taschentuch, das Vicky ihm reichte.
„Jonas hat mich gefragt, ob ich heute mit zu seinem Schachklub gehe. Aber …“
„Aber was?“
„Ich kann nicht. Weil ich doch Hockeytraining hab.“
„Dann hör doch einfach mit dem Hockeyspielen auf“, schlug Vicky vor.
Aufhören? Mit Hockey? Nein, unmöglich. Das würde ihr Vater niemals erlauben. Fabian wand sich aus Vickys Umarmung und ging aufs Klo. Er musste erst mal seine Gedanken ordnen.
Als er zurückkam, hatte Vicky das letzte Goldpapier glatt gestrichen und ihre Jacke angezogen.

„Ich bin noch verabredet“, sagte sie. „Morgen Abend wickeln wir die Bonbons ein und präparieren die Dose.“
Sie nahm ihn in den Arm und Fabian drückte sie ganz fest.
Als sie weg war, spielte er eine Weile am Computer. Morgen würde er die Karamellen bei Magda abholen. Danach waren es noch zwei Tage, bis er zum Rathaus gehen sollte. Ganz alleine. Bloß nicht daran denken, sonst konnte er womöglich die ganze Nacht nicht schlafen.

Am nächsten Tag in der Schule blieb Ebbas Platz leer. Fabian konnte sich nicht konzentrieren, die ganze Zeit musste er an sie denken. Ob sie krank war? Oder schwänzte sie? Es war bescheuert, aber er fühlte sich schuldig, weil Harald gemein zu Ebba gewesen war und er nichts unternommen hatte.
„Kann jemand das Mathebuch bei Ebba vorbeibringen?“, fragte Bibbi am Ende der Stunde.
Keiner meldete sich.
Linnea flüsterte: „Uähh, wer will schon Ebba-Lebbas Bücher anfassen!“

Da streckte Fabian die Hand in die Luft. Die anderen waren ihm egal, er würde Ebba das Buch bringen. In seiner Tasche lagen fünf rote, in Goldpapier eingewickelte Bonbons, die er am Vorabend von Magda erbettelt hatte.

Draußen auf dem Schulhof rief Linnea: „Fabian geht zur fetten Ebba-Lebba! Er ist in sie verliebt. Hast du sie schon gefragt, ob sie mit dir gehen will?“ Die anderen kicherten.

Fabian antwortete nicht. Stumm setzte er seinen Rucksack auf und radelte davon.

Die Häuser in Ebbas Straße waren sehr gepflegt. Das konnte man sehen, obwohl in den Gärten alle Pflanzen verwelkt waren. In welchem Haus wohnte Ebba eigentlich? Dummerweise hatte er vergessen, Bibbi nach der Hausnummer zu fragen. Fabian fuhr im Schritttempo durch die Straße und schaute neugierig über die Hecken und Zäune in die Gärten.

Am Ende der Straße stand ein Haus, das anders war. Die Büsche streckten ihre Zweige ungezähmt über den Bürgersteig und im Garten wuchsen richtig hohe Bäume. Als Fabian näher kam, sah er, dass die Farbe an der Fassade abblätterte. An einer Stelle hatte

jemand ein Stück abgekratzt und in einer anderen Farbe angemalt. Die Fenster waren grau vor Schmutz. Fabian stellte sein Rad ab und öffnete das kaputte Gartentor.
Weiter hinten im Garten schaukelte jemand, eine blaue Jacke schwang vor und zurück. Ebba! Als das Tor scheppernd hinter Fabian zufiel, hielt sie an und drehte sich um.
„Hallo!“, rief Fabian. „Ich bring dir dein Mathebuch und soll dich von Bibbi grüßen. Bist du krank?“
„Danke“, murmelte Ebba. „Leg es da hin.“ Sie zeigte auf einen alten Sandkasten.
„Ich hab dir noch mehr von den Bonbons mitgebracht. Ich kenne die Besitzerin von dem neuen Bonbonladen. Bitte!“
Zögernd streckte Ebba die Hand aus und schob sich ein Bonbon in den Mund. Sie schloss die Augen und lutschte genüsslich daran. Fabian wartete gespannt. Eine ganze Weile passierte gar nichts, doch als es dann passierte, rieb er sich vor Staunen die Augen. Ebba richtete sich auf. Sie schien nicht mehr dick, nur … kräftig und bestimmt einen Kopf größer als Fabian. Sie warf das lange Haar über die Schulter.

Normalerweise war es glanzlos und hatte eine undefinierbare Farbe, aber jetzt schimmerte es rötlich. Mit klaren Augen sah sie ihn an.

„Danke, Fabian! Du bist der Einzige an der ganzen Schule, der nett zu mir ist."

„Ach, nicht der Rede wert. Ich habe übrigens auch keine Freunde."

„Das liegt bestimmt nur daran, weil du neu bist", sagte Ebba. „Mich ziehen sie schon seit der ersten Klasse auf, besonders Linnea. Wie ich sie hasse!"

Fabian nickte, auch er konnte Linnea nicht ausstehen. Er setzte sich auf den Rand des Sandkastens, der voller Blätter und trockener Zweige war. An einer Stelle ragte ein Puppenbein aus dem Laub. Es gehörte zu einer männlichen Barbiepuppe, ohne Kleider, dafür mit Plastikmuskeln und einem albernen Knubbel, wo eigentlich der Pimmel saß. Fabian nahm die Puppe hoch.

„Der sieht aus wie Harald."

Ebba lachte. „Ja, stimmt. Den hasse ich übrigens auch! Wenn er doch nur krank würde und aufhören müsste."

Fabian nickte, gegen einen neuen Sportlehrer wäre nichts einzuwenden. Er nahm einen Zweig und hielt

ihn an den Kopf der Puppe. *Peng*. Ebba beobachtete ihn.
„Wir könnten Voodoo machen", schlug sie vor. „Weißt du, was das ist?"
„Man quält eine Puppe oder so, und dann passiert das in Wirklichkeit", sagte Fabian. „Glaubst du an so was?"
„Nicht direkt, aber das wäre doch super. Dafür opfere ich gern den alten Ken. Warte!"
Ebba verschwand um die Hausecke und kam gleich darauf mit einer Handvoll Nägeln und einem Hammer zurück. Gemeinsam spickten sie den Puppenkörper mit Nägeln. Fabians Herz schaltete einen Gang höher, als er einen Nagel mitten in die Puppenbrust schlug. Ebba lachte laut und hämmerte einen in den Kopf, der dabei zerbrach.
Das Plastik war hart, sie kamen richtig ins Schwitzen. Schließlich waren alle Nägel verbraucht. Irgendwie schien Fabian erst jetzt bewusst zu werden, was sie gemacht hatten. Er wandte den Blick ab. Die meisten Nägel steckten in der Brust der Puppe, die Muskeln waren komplett durchlöchert. Ein Nagelkopf steckte in dem dauerlächelnden Mund wie ein Stahlschnuller.

„Und jetzt begraben wir ihn“, sagte Ebba.
Sie holte einen Spaten und begann zu graben. Fabian wollte vorschlagen, die Puppe in Haralds Garten zu verbuddeln, ließ es aber bleiben. Das war makaber. Nicht, dass er an Voodoo glaubte, aber trotzdem …

Am Abend machten Fabian und Vicky zusammen die Bonbondose fertig. Fabian war gut gelaunt.
„Hattest du einen schönen Tag, Fabbi?“, fragte Vicky.
Fabian nickte. „Erinnerst du dich noch, dass ich dir von Ebba erzählt habe?“
„Die immer gemobbt wird?“
„Genau. Ich bin mit dem Mathebuch zu ihr nach Hause gefahren und hab ihr ein paar von Magdas Bonbons mitgebracht.“
„Von diesen hier?“, fragte Vicky erstaunt.

„Nein, sie hat natürlich eine andere Sorte bekommen. Rote. Und die haben sie irgendwie … aufgerichtet. Sonst lässt sie immer den Kopf und die Schultern hängen. Aber heute ist sie sozusagen gewachsen und wirkte so … ich kann das gar nicht beschreiben …“
„Stolz?“, schlug Vicky vor. „Sie hat sich gestreckt?“
Fabian nickte. Um ein Haar hätte er Vicky von ihrem Voodoozauber erzählt, aber das wäre ein Verrat an Ebba und ihrem gemeinsamen Geheimnis. Auch wenn es nur ein albernes Spiel gewesen war, irgendwie war es doch ernst, was sie gemacht hatten.
Die dunkelblaue Bonbondose mit dem goldgemusterten Deckel war jetzt fertig. Darin lagen die sorgsam in Goldfolie eingeschlagenen Karamellbonbons. Das sah super aus! Niemand würde darauf kommen, dass sie selbst gemacht waren. Fabian überlegte, was er mit dem Geld machen würde, das er für die Karamellen verlangen sollte.
„Das Geld geht in unsere Kasse“, entschied Vicky. „Wir hatten einen Haufen Ausgaben für die Flugblätter und die Plakate.“
Sie hatten beschlossen, dass Fabian ein Karamellbonbon für zwei Kronen anbieten sollte. Das

wären dann, Moment, vierhundert Kronen, wenn er alle verkaufte.

Sein Vater saß vor dem Fernseher und sah sich ein Fußballspiel an, Schweden gegen Dänemark. Fabian setzte sich neben ihn aufs Sofa. Sein Vater guckte sich alles an, was mit Sport zu tun hatte, Fabian interessierte sich eigentlich nur für Leichtathletik – und Eishockey, natürlich. Fußball war langweilig, aber er blieb trotzdem eine Weile sitzen. Sein Vater legte einen Arm um seine Schulter und das war schön. Fabian ging die Voodoo-Puppe nicht aus dem Kopf, er dachte mit einem flauen Gefühl im Bauch an ihr Spiel. Was, wenn es tatsächlich funktionierte? Da fiel ihm ein, dass sein Vater ihm vor längerer Zeit mal etwas über Voodoo vorgelesen hatte. Sie hatten sich ein Buch aus der Bibliothek ausgeliehen. Fabian erinnerte sich, dass Voodoo eine Art Religion war, bei der die Leute an Geister glaubten. Und wenn sie Nadeln in Puppen steckten, passierte etwas Schreckliches mit ihren Feinden.
„Du, Papa?"
„Ja?"

„Erinnerst du dich noch an das Buch über Voodoo?“
„Klar erinnere ich mich daran. Warum fragst du?“
„Na ja, ich würde gern wissen … ob das tatsächlich funktioniert? Ich meine, wirklich?“
„Aber sicher“, antwortete sein Vater und lachte. Das Lachen bedeutete, dass er Spaß machte. Fabian atmete erleichtert auf. Sein Vater glaubte also nicht an Voodoo. Puh. Fabian lachte auch, wie konnte man nur so dumm sein.

Ein neuer Schultag brach an. In dem Moment, als Fabian den Schulhof betrat, wusste er, dass etwas passiert sein musste. Die Kinder standen in Grüppchen herum und unterhielten sich, keiner rannte umher oder tobte und es war ungewohnt ruhig. Fabian ging hinüber zu Jonas und Sammy, die auf der Treppe vor dem Eingang standen.
„Hast du gehört, was passiert ist?“, fragte Jonas. „Harald ist überfahren worden!“
„Angefahren“, korrigierte Sammy. „Er hat überlebt.“
„Ja, aber er ist schwer verletzt, hat Bibbi gesagt.“
Fabian versuchte zu schlucken, aber aus seinem Mund war alle Spucke verschwunden.

„Wann ist das passiert?“, presste er heraus. Seine Stimme klang fremd.
„Gestern“, sagte Sammy. „Nachmittags, glaube ich.“
„Auf dem Nachhauseweg“, ergänzte Jonas. „Du weißt schon, er hat ja so ein krasses Rad, auf dem er immer zur Schule fährt, mit mindestens zwölf Gängen. Ein Auto hat ihn erwischt.“
Fabian kannte das Rad. Und er sah es ganz deutlich vor sich. Wie Harald vor das Auto geriet. Wie er auf den Asphalt geschleudert wurde. Wie sein Schädel in genau dem Augenblick knackte, als Ebba den Nagel in den Kopf der Puppe schlug. Fabian schloss die Augen. In seinem Kopf rauschte es, alle Stimmen klangen ganz weit weg. Was hatten sie bloß getan?!
Er sah sich nach Ebba um und entdeckte sie bei ein paar älteren Mädchen aus der Klasse über ihnen. Sie lachte und sagte etwas, was er nicht verstand. Wie konnte sie jetzt lachen? Sie hatten fast einen Menschen umgebracht! Und obwohl Fabian den Sportlehrer hasste … oh nein, das war einfach zu furchtbar.
Dann schoss ihm ein anderer Gedanke durch den Kopf: die roten Bonbons! Hatten die etwas damit zu

tun? Ebba hatte sich durch sie verwandelt, und dann war ihr die Idee mit dem Voodoo gekommen …

Später konnte Fabian nicht mehr sagen, wie er sich durch den nicht enden wollenden Schultag gehangelt hatte. Aber irgendwann war auch die letzte Stunde vorbei. Er konnte nur noch an eins denken: Er musste Magda fragen. Entweder hatten die roten Bonbons den Unfall verursacht oder der Voodoozauber, oder beides zusammen.

Atemlos riss Fabian die Tür zur *Karamellhexe* auf.

„Hallo, du meine Güte, ist was passiert?"

Magda stand hinter dem Tresen und sah aus wie immer. Sie lächelte und ihr Goldzahn glitzerte.

„Unser Sportlehrer ist angefahren worden und ich glaube, dass die Bonbons daran schuld sind", sprudelte es aus Fabian heraus. „Die roten. Die ich Ebba gegeben habe. Wir haben Nägel in eine Puppe geschlagen … und …"

Fabian erzählte von ihrem Voodoospiel mit der Puppe, die wie Harald aussah. Und dass er glaubte, sie wären womöglich schuld an Haralds Unfall. Es tat unendlich gut, die schrecklichen Gedanken laut auszusprechen.

Magda hörte zu, ohne ihn zu unterbrechen.
Ihr Blick wurde ernst, sie legte die Stirn in Falten. Eine besorgte Eule – doch ihm war gar nicht zum Lachen zumute.
„Tja, Fabian, die roten Bonbons, die du unbedingt haben wolltest. Natürlich kann ich als Erwachsene dir als Kind keine Vorwürfe machen. Ich hätte sie dir niemals geben dürfen."
„Dann glauben Sie auch, dass es die Bonbons waren?", fragte Fabian.
„Das ist schwer zu sagen. Aber auf Ebba haben sie ja ganz offenbar eine Wirkung. Geht es deiner Mitschülerin denn jetzt besser?"
Fabian erzählte, wie Ebba sich gestreckt und mit einem Mal viel selbstbewusster gewirkt hatte. Und heute in der Schule hatte keiner sie aufgezogen, im Gegenteil. In der Pause hatte sie mit ein paar älteren Mädchen zusammengestanden. Und Linnea, die sich sonst nie eine blöde Bemerkung verkniff, hatte sich nicht getraut, etwas zu sagen.
„Das freut mich", sagte Magda. „Ab jetzt wird es besser laufen für Ebba, wart's ab. Meine Bonbons funktionieren wie eine Art Impfung. Dann wollen wir

mal hoffen, dass es dir gelingt, die Gemeindepolitiker zu impfen!"

Als Fabian aus dem Laden kam, standen Jonas und Sammy davor. Sie hatten auf ihn gewartet.
„Hast du Lust, mit zu mir zu kommen?", fragte Jonas. „Wir wollen Computer spielen."
„Okay", sagte Fabian.
Zu dritt gingen sie nebeneinander die Straße entlang. Das fühlte sich gut an. Jonas wohnte ganz in der Nähe, sie mussten nicht weit gehen.
Nachdem sie eine Weile gespielt hatten, fing Sammy an, über Harald zu sprechen.
„Wie es ihm wohl geht? Glaubt ihr, dass er noch im Krankenhaus ist?"
„Wir könnten doch irgendwen anrufen und fragen?", meinte Jonas.
„Bei ihm zu Hause vielleicht", schlug Fabian vor.
„Bloß nicht!" Sammy schüttelte den Kopf. „Stell dir vor, er ist da und geht ran. Was sollen wir dann sagen?"
Fabian zögerte, dann nahm er all seinen Mut zusammen.

„Ich mach's!"
Die anderen beiden sahen ihn an. Jetzt gab es kein Zurück mehr, wenn er nicht als Feigling dastehen wollte.
„Ich rufe an, wenn du seine Telefonnummer raussuchst."
Das tat Sammy. In weniger als einer Minute hatte er Harald im Netz gefunden. Niemand kannte sich mit Computern so gut aus wie er.
Fabian wählte die Nummer und merkte, wie wieder die Spucke aus seinem Mund verschwand.
„Ja, Harald hier?"
„Hallo, hier ist Fabian. Ähm … aus der Schule. Wir wollten wissen … ob Sie … wie es Ihnen geht?"
„Fabian! Was für eine Überraschung. Das ist aber lieb, dass du anrufst."
Harald klang anders als sonst. Nicht krank oder so, eher sanfter. Freundlicher.
„Ich sitze hier mit einem Gipsbein, weißt du. Das ist sehr gewöhnungsbedürftig für einen eingefleischten Sportlehrer, still sitzen zu müssen. Aber es hat auch seine Vorteile, jetzt kann ich endlich mal in aller Ruhe lesen."

„Was ist denn eigentlich passiert?", fragte Fabian.
„Ach, ich habe nicht richtig geguckt, als ich an der Kreuzung abgebogen bin. Und jetzt sitz ich hier mit meinem Gips und kann nichts machen. Es wird wohl bis zum Frühjahr dauern, bis ich wieder Sportunterricht geben kann."
Bevor sie auflegten, bedankte Harald sich noch mehrmals für Fabians Anruf. Er freute sich ganz offenbar aufrichtig darüber.

Und dann war er da – der Tag, an dem die Politiker ihre Entscheidung zum Königspark fällen wollten und an dem Fabian mit den Bonbons aufs Rathaus gehen sollte.
Er war schon seit dem Aufwachen nervös gewesen, aber merkwürdigerweise wurde es besser, als er Vicky entdeckte, die am Marktplatz auf ihn wartete. Sie war nicht alleine, bestimmt fünfzig Jugendliche hatten sich dort versammelt. Sie trugen große Schilder mit ihren Forderungen:

„Hallo!“, sagte Vicky und umarmte Fabian hastig. Dann drehte sie sich zu den anderen um.
„Das ist mein kleiner Bruder Fabian. Ich habe mir gedacht, wir schicken ihn als Spion ins Rathaus.“
Vicky nahm die blaue Dose aus ihrer Tasche und reichte sie Fabian.
„Er wird Karamellbonbons für seinen Hockeyverein verkaufen und dabei die Ohren spitzen.“
Mit keiner Silbe erwähnte sie, dass es sich um spezielle Bonbons handelte. In dem Punkt war Magda unerbittlich gewesen. Sie durften niemand anderem davon erzählen.
„Viel Glück“, flüsterte Vicky und schob Fabian in Richtung Treppe.
Er ging ein paar Stufen hoch und drehte sich um.

Der Stein in seinem Bauch fing wieder an zu wachsen. Das würde nie klappen! Er traute sich nicht. Aber als er Vickys Blick begegnete, nahm er allen Mut zusammen und schob die Tür auf.
Die Eingangshalle war groß und die Decke so hoch wie in einer Kirche. Anstelle einer Jesusfigur am Kreuz hing eine riesige Stadtansicht an der Wand. Links neben dem Bild befand sich ein Empfangstresen, hinter dem eine Frau vor einem Computerbildschirm saß. Auf der rechten Seite waren die Fahrstühle.
Einer der Fahrstühle öffnete gerade seine Türen und einige Männer traten heraus. Zusammen mit einer jungen Frau mit sehr kurzen Haaren und einer Kameratasche über der Schulter schlüpfte Fabian in den Aufzug.
„Und wo willst du hin?“, fragte sie.
„Zu der Sitzung“, antwortete Fabian.
Die Frau zog die Augenbrauen hoch und musterte ihn amüsiert.
„Du dürftest der jüngste Politiker der Stadt sein!“
Fabian entspannte sich ein wenig. Wegen der Kamera nahm er an, dass die Frau selber keine Politikerin war.
„Ich komme von der Lokalzeitung“, sagte sie.

„Die Sitzung ist im Versammlungszimmer im vierten Stock."

Sie traten in eine leere Halle, die ganz mit Teppich ausgelegt war. Die Journalistin steuerte eine Stuhlreihe an der Wand an.

„Komm, setzen wir uns. Ich bin übrigens Lina, und wie heißt du?

„Fabian."

Lina warf einen neugierigen Blick auf die Bonbondose. Sollte er ihr eins anbieten? Fabian war unschlüssig, schließlich war sie keine Politikerin. Aber sie sollte etwas über den Königspark schreiben, und da konnte es ja wohl nicht schaden, wenn sie dafür war, dass die Bäume stehen blieben. Kurzentschlossen machte er den Deckel auf und hielt ihr die Dose hin.

„Die kosten zwei Kronen das Stück", sagte er. „Das Geld ist für meinen Hockeyverein."

Lina lachte und fischte zwei Einkronenstücke aus der Tasche. Das war ja ganz einfach! Aber dann sah Fabian, dass sie das Bonbon in die Tasche steckte. Oh nein! Was, wenn die Politiker das genauso machten? Dann änderten sie ihre Meinung womöglich erst nach der Sitzung. Und dann war es zu spät.

Pling. Der Fahrstuhl blieb stehen und entließ drei Männer und drei Frauen. Alle hatten Aktentaschen unter die Arme geklemmt. Lina stand eilig auf und ging ihnen entgegen. Fabian machte ein paar unsichere Schritte. Er hatte weiche Knie. Einer der Männer schaute in seine Richtung und Fabian beeilte sich, ihm die Dose hinzuhalten. Der Mann kaufte ein Bonbon und steckte es gleich in den Mund. Sehr gut! Es kamen immer mehr Leute, der Fahrstuhl ratterte ununterbrochen. *Pling*. Nochmal fünf. *Pling*. Drei diesmal.

Fabian beschloss, sich in die Nähe der Fahrstühle zu stellen, damit er seine Bonbons anbieten konnte, ehe die Leute sich ins Gespräch vertieften. Er wusste nicht, wie viele Bonbons er schon verkauft hatte. Aber es wollten längst nicht alle eins. Einige schüttelten nur den Kopf und gingen weiter.

Lina stellte sich neben ihn. Als das nächste Mal die Fahrstuhltüren aufgingen, stürzte sie sich auf eine kräftige Frau im schwarzen Kostüm und hielt ihr das Mikrofon unter die Nase.

„Frau Vera Larsson, Vorsitzende des Gemeindevorstands: Wie wird es heute ausgehen?

Wie werden Sie abstimmen? Für oder gegen das Einkaufszentrum?"

„Dafür, natürlich, und es wird eine Mehrheit für das neue Einkaufszentrum geben. Die Stadt braucht mehr kaufkräftige Kunden, sie muss sich weiterentwickeln! Wir müssen umdenken, ein solches Bauprojekt wird unserer Stadt zu neuer Bekanntheit verhelfen."

Bei Vera Larsson waren mindestens zwei Bonbons nötig, dachte Fabian. Als Vorsitzende des Gemeindevorstands war sie bestimmt sehr wichtig. Er versuchte, sich zu ihr durchzudrängeln, als ihm plötzlich ein dicker Bauch den Weg versperrte.

„Was bist du denn für einer?", fragte der Mann und stierte von oben auf Fabian herunter. „Wer hat dich hier reingelassen? Unmöglich, wir können keine Kinder bei unseren Sitzungen herumtoben lassen. Sieh zu, dass du wegkommst!"

„Beruhigen Sie sich, Herr Jansson. Der Junge sammelt nur Geld für seinen Hockeyverein. Freuen wir uns doch, dass der Nachwuchs so geschäftstüchtig ist."

„Aber nicht hier", beharrte der Dicke. „Geh runter auf den Marktplatz, da kannst du deine Bonbons verkaufen."

Fabian wurde von einer netten Frau gerettet. Sie tätschelte ihm die Wange wie einem Kindergartenkind, dann nahm sie seine Dose und flüsterte: „Ich nehme die mit in den Sitzungssaal, und wenn wir wieder rauskommen, liegen statt der Bonbons Münzen darin, wart's nur ab. Bei langen Sitzungen sind Bonbons genau das Richtige!"
Auf der Rathaustreppe blieb Fabian stehen und atmete die klare Herbstluft ein. Er ließ den Blick über den Marktplatz schweifen. Die hohen Bäume im Königspark streckten ihre nackten Äste über die Hausdächer vor ihm. Am Fuß der Treppe hatten sich eine Menge Leute versammelt, nicht mehr nur Jugendliche, sondern auch Erwachsene und Kinder. Vicky hielt ein Schild mit einem grünen Baum hoch. Fabian lief seiner Schwester entgegen.
„Hi, Fabbi. Wie ist es gelaufen?"
„Ich hab ziemlich viel verkauft, obwohl nicht alle was haben wollten. Aber dann kam eine Frau und hat angeboten, die Dose mit in den Sitzungssaal zu nehmen. Ich habe sie ihr gegeben."
„Gut! Sehr gut, Fabbi. Vergiss nur nicht, sie nachher wieder abzuholen."

Daran hatte Fabian gar nicht gedacht. Er war davon ausgegangen, dass es nur darum ging, die Bonbons zu verteilen. Aber natürlich würde die Frau sich wundern, wenn er die Dose mit dem Geld nicht wieder abholte.
„Heißt das, ich muss noch mal da rein?"
„So ist es", sagte Vicky. „Komm schon, das Schlimmste hast du überstanden. Geh wieder rein und warte, bis die Sitzung zu Ende ist."

Dieses Mal war Fabian allein im Fahrstuhl. Lina war nirgendwo zu sehen. Er setzte sich auf einen der Stühle. Bis auf ein paar summende Ventilatoren war es ganz still. Es tat sich nichts und die Zeit schlich dahin. Fabian nahm sein Handy aus der Tasche und spielte ein Spiel, aber es machte keinen Spaß. Unruhig rutschte er auf dem Stuhl hin und her.
Endlich hörte man Stühlescharren drinnen im Saal, im nächsten Moment flogen die Türen auf. Als Erster kam der dicke Jansson heraus. Fabian zog den Kopf ein und versuchte, sich unsichtbar zu machen. Jansson unterhielt sich mit der Frau, die seine Dose mit in den Saal genommen hatte.

„Wie kommt es, dass Sie so plötzlich Ihre Meinung geändert haben?“, fragte sie.
„So was soll es geben“, antwortete Jansson lachend. „Natürlich wollen wir die Bäume behalten!“
„Aber die Diskussion hat sich ganz schön in die Länge gezogen. Ich war ziemlich sicher, dass es mit einem Ja für das Einkaufszentrum enden wird. Erst nach Ihrer Argumentation kam die Wende.“
„Offenbar war ich überzeugend.“ Jansson schob seinen ohnehin schon dicken Bauch noch ein bisschen weiter vor.
Die Frau lachte. Dann entdeckte sie Fabian.
„Ach ja, deine Dose, die hätte ich fast vergessen.“
Jansson musterte Fabian, diesmal mit einem freundlichen Lächeln. „Die waren richtig gut, die Bonbons! Viel Glück mit deinem Verein.“
Als Fabian die Dose in die Hand nahm, hörte er es scheppern. Neugierig nahm er den Deckel ab. Kein einziges Bonbon war mehr darin. Dafür war sie randvoll mit Einkronenmünzen!

Vicky war bester Laune, als sie vom Marktplatz nach Hause spazierten. Bei jedem Schritt schepperte die Blechdose in ihrem Rucksack.

„Ein Nein für das Einkaufszentrum, stell dir das vor! Das haben wir dir zu verdanken! Wenn du Magda nicht begegnet wärst und wir ihre Spezialkaramellen nicht gehabt hätten, hätte das nie geklappt."

„Am Anfang hast du nicht daran geglaubt, gib's zu!"

„Okay, ich geb's zu. Das hat sich aber auch wirklich zu verrückt angehört. Deine Magda ist tatsächlich eine richtige Karamellhexe. Ich würde ja zu gerne lernen, solche Bonbons zu machen."

„Das dachte ich am Anfang auch", sagte Fabian. „Aber es kann auch schrecklich schiefgehen."

Sollte er Vicky von Harald erzählen? Nein, das mit der Voodoopuppe war einfach zu kindisch. Dass Vicky ihn endlich alt genug fand, um sich mit ihm abzugeben, wollte er nicht gleich wieder kaputt machen.

Als sie in die Wohnung kamen, saß ihre Mutter am Tisch. Sie trug ihren Bademantel, das war kein gutes Zeichen. Fabian gab ihr einen Kuss auf die Wange.

„Wieso kommt ihr zusammen nach Hause? Ist es denn schon sechs? Viktoria, könntest du vielleicht Spiegeleier braten?"

„Klar, Mama. Aber willst du dich nicht anziehen? Es gibt was zu feiern. Wir haben gewonnen!"

„Was habt ihr gewonnen?"

„Ich hab euch doch vom Königspark erzählt. Er bleibt erhalten! Ist das nicht toll, Mama? Du warst doch auch dafür, dass die Bäume stehen bleiben!"

Ihre Mutter lächelte matt und sagte, dass das toll wäre. Und dass sie stolz auf ihre Kinder sei, die sich für so etwas Wichtiges einsetzten. Sehr stolz. Aber

jetzt wollte sie sich vor dem Essen noch einmal kurz hinlegen und die Augen zumachen.
Vicky briet die Spiegeleier und Fabian stellte Brot und Tomaten auf den Tisch.
„Was sollen wir bloß mit Mama machen?", sagte Vicky plötzlich. „Was sollen wir tun, Fabbi?"
„Ich weiß es nicht."
„Ich mach mir ganz schön Sorgen. Weil sie dauernd so müde ist. Was, wenn sie ernstlich krank ist?"
Ein kalter Hammer schlug von innen gegen Fabians Brustkorb. Ernstlich krank, ihre Mutter? Nein, sie doch nicht!
„Du meinst … sie könnte sterben?", flüsterte er.
„Nein, so schlimm nicht", sagte Vicky. „Ich frag mich nur, was mit ihr nicht stimmt. Vielleicht gibt es ja einen anderen Arzt, der besser für sie ist, oder andere Medikamente."
Darüber hatte Fabian auch schon nachgedacht. Und er hatte überlegt, ob Magda ihnen vielleicht weiterhelfen könnte. Immerhin hatte sie doch gesagt, dass ihre Bonbons so eine Art Medizin wären, oder? Vielleicht konnte Magda ja Bonbons kochen, die gegen Müdigkeit halfen. Aber bevor er noch etwas zu Vicky

sagen konnte, hörten sie einen Schlüssel im Schloss und die Stimme ihres Vaters: „Hallo, Familie! Mmh, das riecht aber gut. Ich bin hungrig wie ein Bär!“

Später am Abend klingelte das Telefon. Sein Vater erhob sich vom Sofa und nahm den Hörer ab. Fabian blieb sitzen – gerade lief *Wer wird Millionär?* im Fernsehen. Aber er spitzte die Ohren. Wer rief um diese Zeit an? Und wieso sagte sein Vater nichts? Offenbar redete nur der andere.

„Nein, davon hat er nichts erzählt.“

Stille.

„Ja, das klingt merkwürdig, aber …“

Stille.

„Nein, natürlich nicht. Ich werde …“

Stille.

„Entschuldigung, aber ich möchte doch erst einmal mit ihm selber reden, ehe Sie mit solchen Anschuldigungen kommen!“

Jetzt klang sein Vater aufgebracht. War er sauer auf den Anrufer? Oder auf Fabian? Aber warum sollte er? Endlich legte er den Hörer auf und kam zurück ins Wohnzimmer. Er nahm die Fernbedienung und stellte

den Fernseher aus. Dann sah er Fabian streng an.
„Stimmt es, dass du im Rathaus Bonbons verkauft hast?“
Fabian nickte. Er schluckte, bekam aber keinen Ton heraus.
„Das war gerade Ole am Telefon. Irgendein Politiker hat ihn angerufen und sich beschwert, dass der Hockeyverein Bonbons im Rathaus verkauft. Und dass du die Bonbons verkauft hast, Fabian. Nun ist es nur so, dass Ole überhaupt nichts davon wusste. Was hast du mit dem Geld gemacht? Man kann nicht einfach sagen, dass man Geld für einen Verein sammelt, und es dann in die eigene Tasche stecken, Fabian, das ist dir doch hoffentlich klar!“
Jetzt endlich begriff Fabian. Oh nein, das war ein riesiges Missverständnis. Er schüttelte den Kopf und merkte, dass ihm die Tränen kamen. Trotzig wischte er sie mit dem Ärmel weg. In diesem Augenblick kam Vicky aus ihrem Zimmer.
„Was ist passiert? Worüber streitet ihr?“
Ihr Vater erzählte von dem Gespräch mit Ole.
Vicky sagte nichts, aber man sah, wie es in ihrem Kopf ratterte. Dann ging sie in ihr Zimmer und kam mit

der Bonbondose zurück. Mit einem Knall stellte sie sie vor ihren Vater auf den Tisch.
„Da hast du das Geld! Und schimpf nicht mit Fabian, das war nämlich meine Idee. Wir wollten das Geld für unsere Protestaktion im Königspark verwenden."
„Das ist ja wohl die Höhe", schnaufte ihr Vater und bekam einen knallroten Kopf. „Wie konntest du auf so eine dumme Idee kommen, Vicky!"
Vicky zuckte mit den Schultern und sagte, dass sie gewonnen hatten, falls es ihn interessierte. Es würde kein Einkaufszentrum gebaut werden!
Da wurde ihr Vater noch wütender.
„Ich bin ganz und gar nicht einverstanden, mit was für Freunden du dich abgibst, Viktoria! Und dann deine schwarzen Haare. Ihr und eure Protestaktionen!"
„Was haben meine Haare mit der Sache zu tun?", schrie Vicky. „Du bist echt verbohrt! Außerdem kann dir scheißegal sein, mit wem ich rumhänge."
„Rumhänge", äffte ihr Vater sie nach. „Wie redest du eigentlich?"
„Hör auf, an mir rumzumeckern. Immer musst du alles bestimmen. Fabian, der arme Kerl, ist auch nur im Hockeyverein, weil du das willst, aber das merkst

du gar nicht. Er interessiert sich nicht die Bohne für deinen Scheißsport, und ich auch nicht!“
Es wurde still. Sein Vater sah Fabian an, der Löcher in die Luft starrte. Vicky verschwand in ihr Zimmer und knallte die Tür zu. Gleich darauf wurde die Musik aufgedreht. *Wumm, wumm, wumm.*
Sein Vater seufzte und stellte den Fernseher wieder an. Eine Minute später schaltete er ihn wieder aus.
„Stimmt es, was Vicky sagt? Dass du eigentlich gar nicht Eishockey spielen willst?“
Fabian war kurz davor zu sagen, dass Vicky das falsch verstanden hatte, dass er gerne spielte. Aber dann nahm er all seinen Mut zusammen und sagte: „Es macht mir nicht mehr so viel Spaß wie am Anfang. Außerdem habe ich keine Freunde in der Mannschaft. Eigentlich würde ich gern aufhören. Jonas aus meiner Klasse hat mich nämlich gefragt, ob ich Lust hätte, in den Schachklub zu kommen. Aber das ist dienstags. Aber, Papa … ich würde da so gerne hingehen.“
„Und ich dachte, du magst Hockey.“ Sein Vater schaute ihn an. „In letzter Zeit hast du dich richtig gesteigert. Neue Schlittschuhe hast du auch gerade erst bekommen.“

„Ich weiß, Papa. Es war dumm von mir, nichts zu sagen, bevor wir sie gekauft haben. Aber ich … Papa, ich würde so gerne Jonas' Freund werden."
„Und Jonas ist kein Sportler, verstehe."
Fabian hob den Blick. Sein Vater sah traurig aus.
„Fabbi, mein Kleiner, es tut mir leid. Vicky hat recht. Ich hätte was merken müssen. Du sollst nicht meinetwegen spielen. Natürlich darfst du mit Jonas zum Schachklub gehen, wenn du das lieber möchtest."
„Echt?", fragte Fabian überrascht. „Aber, Papa? Wir können ja zusammen Eishockey im Fernsehen gucken. Und Leichtathletik?"
Sein Vater lachte und sah gleich wieder ein bisschen fröhlicher aus. Er legte den Arm um Fabians Schulter, und dann guckten sie *Wer wird Millionär?* zu Ende.

An diesem Abend konnte Fabian nicht einschlafen. Es war so viel passiert. In seinem Kopf schwirrten Bilder von Fahrstühlen und Bonbons und klirrenden Münzen herum. Im Nachhinein kam es ihm verrückt vor, dass er sich getraut hatte, ganz allein ins Rathaus zu gehen. Aber wenn er es genau bedachte, hatte er sich in den letzten Tagen eine ganze Menge Dinge getraut.

1) Er war mit dem Mathebuch zu Ebba gegangen.
2) Er hatte Harald angerufen.
3) Er war allein ins Rathaus gegangen.
4) Er hatte seinem Vater gestanden, dass er mit dem Hockeyspielen aufhören wollte.

Das war ein gutes Gefühl. Morgen würde er Jonas und Sammy von der Aktion im Rathaus erzählen. Das fanden sie sicher cool. Aber auf keinen Fall wollte er damit prahlen.
Ein kleiner Dorn steckte trotzdem noch im Fleisch, die Sache mit Mama. Ich werde mit Magda reden, nahm er sich vor. Man konnte so gut mit ihr reden. Und selbst, wenn sie kein Bonbonrezept gegen Müdigkeit hatte, fiel ihr vielleicht was anderes Schlaues ein.
Fabian gähnte. Eigentlich war er sehr müde. Das war ein guter Tag gewesen, auch wenn es Streit gegeben hatte. Aber Streit konnte auch gut sein … solange man sich hinterher wieder vertrug.

Sie hatten abgemacht, sich nachmittags bei der *Karamellhexe* zu treffen, um den Sieg für den Königspark zu feiern. Fabian hatte Jonas und Sammy gefragt, ob sie mitkommen wollten.

„Cool, dass du mit der Karamellhexe befreundet bist", sagte Jonas.

„Sie heißt Magda."

„Aber ein bisschen was von einer Hexe hat sie schon", fand Sammy.

„Hm, vielleicht", gab Fabian zu.

Sie waren da. Fabian öffnete die Tür und blieb auf der Schwelle stehen. Was für eine Verwandlung! Der Laden war kaum wiederzuerkennen. Die Deckenbeleuchtung war eingeschaltet und überall brannten Kerzen und standen Blumen. In der Mitte des Raums befand sich ein Tisch, der aussah wie eine … Glitzertorte! Bonbons in allen Regenbogenfarben funkelten wie Juwelen im Lichterschein.
„Ist das schön", flüsterte Jonas.
„Fett", staunte Sammy.
Magda stand hinter dem Tresen. Fabian zuckte zusammen. Irgendetwas an ihr war anders als sonst. Genau, die Brille! Anstelle der üblichen Eulengläser trug sie eine modische schwarze Brille, deren Ränder schwungvoll nach oben gebogen waren. Jetzt erinnerte sie eher an eine zufriedene Katze.
„Willkommen", lächelte sie. „Ihr seid die ersten Gäste. Mögt ihr Erdbeersaft?"
Während sie an dem köstlichen Saft nippten, erzählte Fabian noch einmal von seinem Abenteuer im Rathaus. „Ich habe vierhundert Kronen zusammenbekommen", sagte er. „Das Geld habe ich der Protestgruppe gegeben."

„Aber den Politikern hast du erzählt, dass es für deinen Hockeyverein ist“, kicherte Jonas.
Er und Sammy kannten die Geschichte bereits. Sie fanden Fabian unglaublich mutig und wollten auch kein Einkaufszentrum anstelle der Bäume.
Kurz darauf kamen die Jugendlichen aus Vickys Protestgruppe. Es wurde ziemlich eng in dem Laden.
Als alle da waren, hielt Vicky eine kurze Ansprache.
„Ich möchte euch allen für euren engagierten Einsatz für den Erhalt des Königsparks danken. Jeder von euch hat auf seine Art dazu beigetragen. Ihr habt Flugblätter gedruckt und verteilt. Plakate aufgehängt. Journalisten angerufen und sie dazu gebracht, über unsere Aktionen zu schreiben. Ihr habt Politiker kontaktiert und versucht, sie zu überzeugen. Viele von euch waren bei der Demonstration an der alten Eiche und auf dem Marktplatz dabei. Magda, die Besitzerin der *Karamellhexe*, hat ein paar ganz spezielle Bonbons beigesteuert und richtet heute das Fest aus. Und mein kleiner Bruder Fabian hat die Bonbons an die Politiker verkauft und so vierhundert Kronen eingenommen. Danke euch allen! Und jetzt lädt Magda zu Bonbons und Kuchen ein!“

„Ja, bedient euch", rief Magda. „Esst, so viel ihr mögt und könnt, und nehmt gerne eine Tüte Bonbons mit nach Hause."

Es war halb acht, als Fabian und Vicky nach Hause kamen. Sie waren so pappsatt, dass sie nichts mehr essen konnten.
Vicky war sehr zufrieden mit dem Fest.
„Aber durch den Physiktest werde ich wohl durchfallen", seufzte sie. „Ich habe das Buch noch nicht einmal aufgeschlagen. Aber das war es wert!"

Der nächste Tag war glücklicherweise ein Sonntag. Fabian schlief bis um zehn und nach dem Frühstück setzte er sich im Schlafanzug an den Computer. Er gähnte kräftig und war eigentlich viel zu träge für Computerspiele.
Als er den Kopf hob, fiel sein Blick auf etwas Braunes an der Wand. Ein kleines braunes Dreieck. Als er näher ranging, erkannte er, dass es ein Falter war. Fabian holte seine Lupe. Ja, das war ein kleiner Falter. Von Nahem sah er richtig schön aus, seine Flügel schimmerten seidig grau und braun. Erstaunlich, dass

um diese Jahreszeit noch ein Schmetterling unterwegs war. Oder …? Fabian warf einen Blick in Wuschels Schachtel. Der Kokon war an einem Ende offen und leer!

„Wuschel“, flüsterte Fabian. „Hallo!“

Was für eine Verwandlung! Ein echtes Wunder der Natur. Aus dem kleinen Fellmonster war ein zarter, flaumiger Falter geworden. Selbst die Fühler auf dem Kopf sahen weich aus, also passte Wuschel immer noch als Name.

Zwischendurch hatte Fabian geglaubt, dass Wuschel ausgerissen war, bis er den kleinen Kokon in einer Ecke der Schachtel entdeckt hatte, in den die Raupe sich eingesponnen hatte. Danach war so viel anderes passiert, dass er Wuschel fast vergessen hatte.

Zum Glück brauchen Kokons weder Wasser noch Blaubeeren. Und unterdessen hatte Wuschel in seinem Kokon eine Verwandlung vollzogen.

Magda hatte gesagt, dass er Wuschel freilassen müsse, sobald er aus dem Kokon geschlüpft war. Vorsichtig wölbte Fabian seine Hände um den haarigen Falter und ging die Treppe hinunter. Unter einem Baum im Garten ließ er ihn fliegen.

Erst im Fahrstuhl nach oben fiel Fabian auf, dass er noch immer seinen Schlafanzug trug. Er lachte über den Jungen, den er im Spiegel sah, mit dem ausgewaschenen Sportwagen auf dem Bauch und den abstehenden Haaren. Wieder in der Wohnung ging er in das Zimmer seiner Mutter.

„Hallo, Mama. Brauchst du irgendetwas? Ich könnte dir eine Zeitschrift kaufen."

„Wie lieb von dir, Fabian. Woher wusstest du, dass ich ein neues Kreuzworträtsel brauche?"

„Hab ich im Gefühl gehabt. Willst du auch Obst?"

„Wenn sie grüne Äpfel haben, bring mir ein paar mit. Nimm dir Geld aus meiner Handtasche."

Als Fabian mit der Zeitschrift und den Äpfeln aus dem Kiosk trat, dachte er an Magda. Sie hatte gestern etwas gesagt, das ihm merkwürdig vorgekommen war, aber er kam gerade nicht darauf. Plötzlich spürte er eine Unruhe im Körper und beschloss, zu ihr zu gehen, um nachzuschauen, ob alles in Ordnung war. Schon von Weitem sah er, dass das Schild, auf dem *Karamellhexe* stand, nicht leuchtete. Das verhieß nichts Gutes. Hoffentlich war Magda nicht krank. Fabian rannte los.

Die Tür war offen.
„Hallo, Fabian“, begrüßte ihn Magda.
Sie trug wieder ihre gewohnte Brille und stand auf einer Trittleiter. Die oberen Regalböden waren leer und der Boden und die Arbeitsflächen standen voller Pappkartons, dazwischen lagen Klebeband und Bindfaden.
„Was ist denn hier los?“, rief Fabian erschrocken.
„Weißt du, es ist Zeit, dass ich weiterziehe.“
„Aber … aber … warum denn?“
„Weil ich hier in der Stadt alles erledigt habe, was zu erledigen war. Und weil ich woanders gebraucht werde.“
„Sollen in einer anderen Stadt denn auch Bäume gefällt werden?“, fragte Fabian. „Wollen Sie denen auch Bonbons anbieten, damit sie ihre Meinung ändern?“
„Vielleicht“, antwortete Magda. „Bäume oder etwas anderes, für jemanden wie mich gibt es immer etwas zu tun.“
Sie stieg von der Leiter, nahm auf einem Hocker Platz und forderte Fabian auf, sich zu ihr zu setzen.
„Und, Fabian? Wie geht es dir so?“

„Gut. Ich spiele nicht mehr Eishockey. Dafür will ich im Schachklub anfangen. Und ich habe zwei neue Freunde. Sie gehen in meine Klasse."
„Jonas und Sammy, nette Jungs. Und zu Hause?"
Fabian zögerte, das war womöglich seine letzte Chance, Magda zu fragen.
„Die Sache mit Mama. Sie wissen schon, immer ist sie müde und hat dauernd Bauchschmerzen. Oder Rückenschmerzen. Oder Migräne. Mama kriegt wegen jeder Kleinigkeit Kopfschmerzen!"
Magda konnte so toll zuhören, sie sah ihn einfach nur mit ihrem beruhigenden Blick an.
„Und darum wollte ich fragen … ob Sie vielleicht irgendein Bonbon dagegen haben? Das bewirkt, dass Mama wieder mehr Energie kriegt. Haben Sie so etwas?"
Magda seufzte und schüttelte den Kopf.
„Nein, Fabian, solche Bonbons habe ich nicht. Manche Menschen haben nicht so viel Energie wie andere, und deine Mama gehört wohl zu denen. Vielleicht muss man sie in ihrer kleinen Welt leben lassen, in der alles vertraut und sicher ist."
„Aber was kann ich machen?"

„Sei lieb zu ihr und hab Geduld. Eines Tages fühlt sie sich vielleicht wieder stärker. Auf den Tag musst du warten. Und sei da, wenn deine Mama dich braucht.“
Das war nicht einfach zu verstehen. Fabian saß stumm da, während Magdas Worte langsam bei ihm ankamen. Doch, sie hatte wohl recht, seine Mutter gehörte zu dieser Sorte Mensch.
„Ich glaube, ich weiß, was Sie meinen. Danke, Magda!“
Dann war es Zeit, sich zu verabschieden. Fabian musste ein paar Tränen unterdrücken. Aber Magda nahm ihn ganz fest in den Arm und versprach, dass sie ihm von ihrem nächsten Aufenthaltsort schreiben würde. Und sie blieb vor dem Laden stehen und winkte, als er ging.
Zu Hause brachte Fabian seiner Mutter die Zeitschrift ins Zimmer. Einen Kuss bekam sie auch. Nein, zwei Küsse. Sie sah glücklich aus und hatte ganz rosige Wangen.
Sein Vater saß auf dem verglasten Balkon und las. Er breitete die Arme aus und Fabian ließ sich hineinfallen.
Sein Vater zwinkerte ihm zu. „Ich habe eine Überraschung“, sagte er.

„Was denn?“

„Sieh unter der Zeitung nach.“

Fabian hob die Zeitung hoch und da stand ein Schachspiel! Er nahm den weißen König in die Hand, der aus einer Art Knochen geschnitzt zu sein schien. Der König schaute ihn mit schiefen Augen an. Er sah richtig echt aus.

„Das ist in China hergestellt worden“, sagte sein Vater. „Schön, oder? Wollen wir eine Runde spielen? Solange ich noch eine Chance habe, zu gewinnen. Denn wenn du erst einmal im Schachklub bist, steckst du mich locker in die Tasche!“

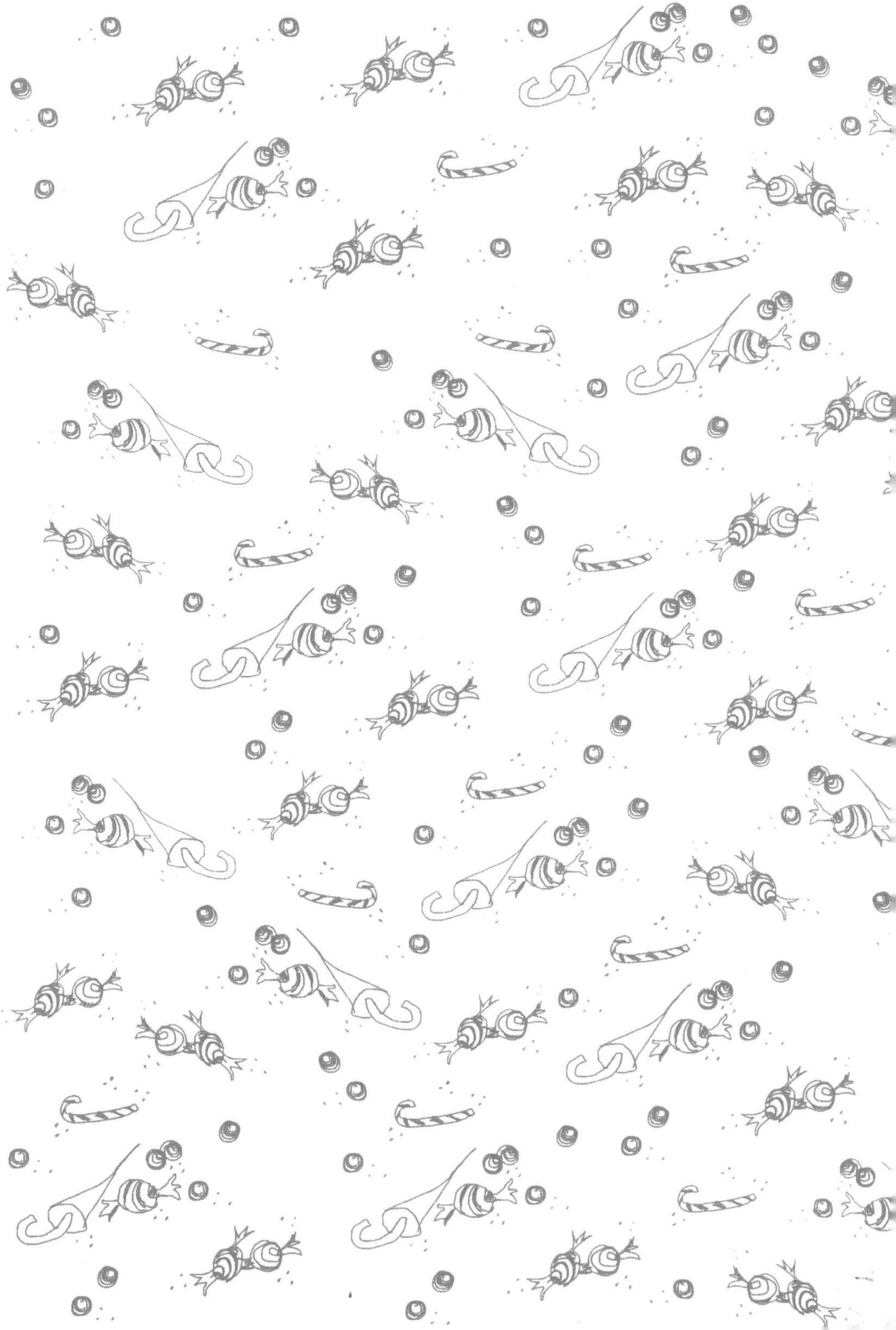